로크미디어가
유혹하는
재미있는 세상

ROK
MEDIA
로크미디어

이것이 법이다

이것이 법이다 83

2020년 3월 19일 초판 1쇄 인쇄
2020년 3월 24일 초판 1쇄 발행

지은이 자카예프
발행인 이종주

총괄 김정수
경영 지원 배진경 임혜솔 송지유

기획 이기헌 왕소현 박경무
책임 편집 최전경

발행처 (주)로크미디어
출판등록 2003년 3월 24일
주소 서울시 마포구 성암로 330 DMC첨단산업센터 3층 318호, 319호
Tel (02)3273-5135 **편집** 070-7863-8592 Fax (02)3273-5134
홈페이지 rokmedia.com **E-mail** rokmedia@empas.com

ⓒ 자카예프, 2015

값 8,000원

ISBN 979-11-354-5667-1 (83권)
ISBN 979-11-255-9575-5 04810 (세트)

이것이 법이다

83

자카예프 장편소설

로크미디어

CONTENTS

쭉정이만 남겨 줄게

대동은 무서울 정도로 세력을 확장해 가기 시작했다.

공식적으로는 긴급 지원 자금이지만 그 대신에 운영권을 요구했고, 사장들은 별생각 없이 넘겨주었다.

"세상 무서운 줄 모르는 사람들이군요."

박 부장은 아무 생각도 하지 않고 운영권을 넘겨주는 사람들을 보고 혀를 내둘렀다.

"그게 뭔지도 모르고. 그냥 자리만 지켜 주면 된다고 생각하는 건가요?"

"대부분의 사람들이 빠지는 함정이죠."

사장은 자기니까.

사실 운영권 중 일부를 가지고 간다는 게 무슨 의미인지 모를 수도 있다.

당장 운영권을 가지고 간다지만 현실적으로 사장은 그대로니까.

"그러니까 당사자들은 바뀌는 게 없다고 생각하죠."

하지만 그 부분이 대동이 노리는 함정이었다.

자신들의 지분이 일정량 이상이 되는 순간 그들은 자산의 분할을 요구할 테고, 사장 입장에서는 눈 뜨고 기업을 빼앗기는 수밖에 없게 된다.

"대부분의 사장들은 자기가 만든 회사에서 잘릴 수 있다는 걸 이해를 못 합니다. 사실 중소기업의 사장들이 많이들 그러지요."

물론 주식회사가 아닌 만큼 명확하게 얼마만큼의 주식을 가지고 있어야 한다는 식의 규칙은 없다.

하지만 소송전으로 들어가게 되면 지분만큼 발언권이 인정되는 것이 현실이고, 그 발언권으로 사장을 자르고 나면 그 후에는 일사천리로 대동이 기업을 집어삼킬 수 있다.

"그렇게 되도록 두고 볼 수는 없고요."

노형진은 그렇게 말하면서 시계를 힐끔 보았다.

컴컴한 밤.

늦은 시각의 술집에는 아무도 없었지만, 주인은 노형진 일행에게 아무런 말도 하지 않았다.

어차피 손님도 없으니까.

"저기 오는군요."

박 부장 역시 입구만 뚫어지게 바라보다가 들어오는 사람들을 보고 자리에서 일어났다.

"안녕하십니까? 노형진입니다."

우르르 몰려온 사람들을 보고 인사하는 노형진.

그들 역시 엉거주춤한 자세로 인사를 하면서 자리에 앉았다.

"일단 여기까지 와 주신 여러분에게 감사의 인사를 건넵니다. 하지만 보안상의 문제로 여기에 핸드폰을 제출하여 주시기 바랍니다."

"보안상의 문제요?"

"네."

박 부장의 말에 눈을 찌푸리는 사람들.

하지만 박 부장의 말은 끝난 게 아니었다.

"그리고 여기에서 있었던 일을 누설하시는 경우, 계약이야 어떻든 간에 대룡에서 인생을 파멸시킬 것을 약속해 드리죠."

"헉!"

"아니, 갑자기 그게 무슨!"

황당한 말에 몇몇이 크게 움찔했다.

설마 갑자기 이렇게 강경하게 나올 줄은 몰랐던 것이다.

"그걸 말이라고 합니까?"

"말이라고 합니다. 물론 사장과의 의리를 지키셔도 됩니다. 다만 월급도 안 주는 사장과의 의리보다는 이쪽이 나은 선택이라는 것을 제가 보증하죠."

박 부장의 말에 서로 눈치를 보는 사람들.

그리고 한두 명씩 핸드폰을 제출하기 시작했다.

"그러면 이야기를 시작해 볼까요?"

모든 핸드폰이 수거되고 난 후에 웃으면서 앞으로 나선 노형진.

이들은 다름 아닌 각 회사에 속한 직원들이었다.

그중에서도 대표라고 할 수 있는 사람들.

"왜 우리한테 모이라고 한 건가요?"

"맞아요. 우리는 뭐 딱히 할 게 없는데요?"

갑자기 다른 곳도 아닌 대롱에서 만나자고 하니 어리둥절한 표정으로 나온 사람들.

노형진은 그들을 보면서 미소 지었다.

"여기 계신 분들은 다들 현재 전자연합에 속한 회사의 직원분들이시지요?"

"네."

"그리고 월급을 못 받고 계신 분들이고요."

"그런데요?"

"그 채권을 저희가 사고 싶습니다."

"네?"

다들 이해가 가지 않는다는 표정이 되었다.

'하긴, 채권을 거래할 수 있다는 말은 처음 들어 봤겠지.'

사람들은 채권 자체도 거래 대상이 될 수 있다는 것을 잘 모른다.

그냥 받거나 못 받거나라고 생각할 뿐이지.

'대동이 주는 돈은 뻔하지.'

말 그대로 회사가 숨만 쉴 수 있는 최소한의 돈.

그게 대동이 준 돈이었다.

그리고 당연하게도 그 안에서는 지난 몇 달간의 임금이 계산되지 않았다.

'중소기업들의 마인드는 뻔하지.'

상황이 다급해지면 가장 먼저 주지 않는 것이 바로 임금이다.

사장의 외제 차는 유지해야 하지만 직원의 월급은 주지 않으려고 하기 때문에, 일부 중소기업이 좆소기업이라 불리며 중소기업에는 가능성도 미래도 없다는 이미지를 만들어 내는 것이다.

"여러분은 월급도 받지 못하고 여기에 계시죠. 여기서 제일 오래 월급을 받지 못한 분은 얼마나 되셨지요? 3개월? 6개월?"

서로를 바라보는 사람들.

차마 말하지 못하는 것이다.

물론 노형진은 이미 알아본 후였다.

"제가 알기로는 가장 짧은 분이 4개월, 가장 긴 분은 6개월 동안 못 받으셨을 겁니다."

움찔하는 사람들.

그걸 보면서 노형진은 속으로 미소를 지었다.

'그런 사람들은 특징이 있지.'

중소기업이 정말 돈이 없어서 월급을 주지 못할 수도 있다.

최근에는 대룡과 관계가 틀어져서 그럴 수도 있다.

하지만 그 전에는 아니다.

얼마 전까지만 해도 대룡과의 관계는 좋았고, 수익은 매달 정산되었다.

'하지만 인간의 욕심은 끝이 없는 법이지.'

한 달을 안 주면 그만큼 이자가 들어온다.

직원이 서른 명인 회사의 평균 월급이 200만 원이라고 한다면, 매달 나가야 하는 돈은 무려 6천만 원.

그런데 그걸 이율로 따지만 1%만 해도 60만 원이다.

그래서 그걸 다른 곳에 투자하거나 수익에 투자하는 경우도 많다.

'망조 드는 곳들이 많지.'

이들이 다니는 회사가 그런 곳들이었다.

돈이 생기자 월급을 주는 대신에 그걸 다른 곳에 투자한다는 식으로 불리려고 하는 것이다.

이번에 대동에서 주는 돈도 마찬가지.

안 그래도 대동에서 주는 돈은 많지 않다.

그런데 그 돈의 주요 사용처는 월급의 지급이 아니라 회사와 사장의 생활 유지다.

'그리고 악순환이 시작되는 거지.'

처음부터 월급을 주지 않는 것은 아니다.

그 돈으로 잠깐 다른 곳에 투자하면 돈이 더 될 거라고 생각해서 투자한 것인데, 돈이 안 되거나 시간이 더 걸리거나 해서 지금처럼 갑자기 자금의 흐름에 문제가 생겨 주지 못하는 돈이 기하급수적으로 늘어나는 것이다.

"그걸 받아 가서 뭐 하게요?"

"여러분은 알 필요가 없습니다."

박 부장은 단호하게 선을 그었다.

"아무리 그래도……."

약간은 고민하는 사람들.

아무래도 대상이 대룡이라는 거대 기업이다 보니 걱정이 앞서는 모양이었다.

"물론 넘기지 않으셔도 됩니다. 하지만 그러면 그 돈은 포기하는 꼴이 될 겁니다."

"뭐요?"

"우리는 당신네 회사들을 망하게 할 생각이거든요. 회사가 망하면 채권은 의미가 없지요."

노형진 역시 이번에는 강하게 말했다.

착하게 설득?

그럴 필요도 없고 그럴 시간도 없다.

'이렇게 월급을 받지 못하는 사람들은 비슷한 성향을 가고 있지.'

바로 겁이 많다는 것.

그만두면 바깥에 나가서 할 수 있는 게 없을까 봐.

그리고 이직할 자신이 없으니까.

그러니까 부당한 취급을 받으면서도 나가지 못하는 것이다.

'저들이 자기들이 부당한 취급을 받는 것을 모르지는 않지.'

안다. 하지만 거기서 벗어날 자신이 없는 것이다.

'노예는 시간이 흐르면 자신의 족쇄를 자랑한다.'

새로운 사람이 버티지 못하고 나가면 근성이 없다고, 돈만 밝힌다고 무시하면서, 자신은 박봉에 그나마 제대로 나오지도 않는 월급을 기다리며 묵묵하게 일한다.

'노예근성이 사장에게만 있는 건 아니니까.'

질이 나쁜 중소기업들은 그런 사람들의 고혈을 짜서 회사를 유지해 가고, 그러다 자르기라도 하면 그들은 돈을 받기 위해 소송하고 빌고 읍소해야 한다.

정당한 자신의 돈인데도 말이다.

'그들이 그러는 이유는 단 하나. 겁이 나서야.'

지금 방식과 다르게 살아갈 자신이 없으니까.

'하지만 바뀔 수밖에 없게 만들면 되지.'

노형진은 실실 웃으며 말했지만 그들은 숨을 쉴 수가 없었다.

자신들이 다니는 회사가 망한다니.

"말도 안 됩니다! 우리 회사가 망한다니!"

"아, 망할 거예요. 확실하게 망할 거예요. 우리, 대룡입니다. 회사 하나 망하게 하는 건 일도 아니죠."

겁이 많은 사람들에게 차분하게 이야기하고 설득해 봐야 그들은 잘 바뀌지 않는다.

도리어 공포감을 더욱 자극하는 것이 훨씬 빠르고 효과적이다.

"거짓말하지 마요! 대동이 우리를 도와준다고 했다고요!"

"그래요?"

물론 그 말이 맞다.

하지만 대동은 한 가지 큰 실수를 했다.

"그래서 그 돈은 어디로 갔는데요?"

"뭐라고요?"

"네, 인정합니다. 대동에서 투자했지요. 각 회사마다 얼마나 투자했는지는 잘 모르겠습니다만, 어마어마한 금액을 투자했지요. 그래서, 그 이후에 돈 받은 분 있으십니까?"

"......!"

있을 리 없다. 그럴 돈도 되지 않았으니까.

물론 얼마나 투자받았는지 그들이 알 리도 없다.

"네, 대동에서 투자했지만 여러분에게 지급된 월급은 없지요. 그러면 그 돈은 어디로 갔을까요?"

아마도 그들도 투자받았다는 소리는 들었을 것이다.

하지만 정작 본인들이 받은 돈은 한 푼도 없다.

'뻔하거든.'

위급한 상황이 되면 사람은 뭐든 모아 두려는 습성이 있다.

앞으로 어떻게 될지 모르니까.

특히나 이번 사건처럼 장기전으로 갈 수밖에 없는 상황에서 돈을 쓰지 않고 모아 두는 것은 가장 기본적인 전략이다.

그건 부자고 빈자고 다르지 않다.

'다만 우선순위가 다른 거지.'

여유가 있는 사람은 사람이 우선이다 생각해서 일단 월급을 주면서 버텨 달라고 하고, 질이 나쁜 사람들은 일단 월급도 안 주면서 버티라고 윽박지른다.

그리고 이곳에 모인 사람들의 회사는 다 후자였다.

"그 채권을 저희에게 넘기신다면 저희가 다 구입할 용의가 있습니다. 단, 여기서만요. 여기서 거절하시면 그 이후에는 책임지지 않습니다."

"웃기는 소리 하지 마! 그럴 리 없어!"

누군가 호기롭게 외쳤지만, 이미 목소리는 떨리고 있었다.

아무리 용기가 있다고 해도 배가 고프면 싸울 수 없다.

월급이 몇 달간 밀려서 당장 자신이 죽게 생겼는데 사장을 믿기는 힘들 것이다.

"그럴 리 없긴요. 여러분은 이미 팔렸습니다."

"팔렸다고?"

"네. 이미 대동에서 회사의 운영권을 요구했지요. 사장들은 그걸 넘겨줬고요. 아마 조만간 여러분의 회사가 통째로 대동으로 넘어갈 겁니다. 모르셨어요?"

그러자 몇몇 사람들이 눈을 휘둥그레 떴다.

대동. 어찌 되었건 대기업이다.

그러니 회사가 넘어가면 자신들도 대기업 직원이 될지도 모른다는 헛된 망상을 하게 된 것이다.

물론 그건 말도 안 된다.

기업이 바보도 아니고, 자기 소속이 되었다고 기존 계약을 바꿔서 돈을 더 주는 곳은 없다.

"여러분이 무슨 생각을 하시는지 압니다. 아, 우리가 좀 더 버티면 우리도 대동 직원이 되겠구나. 그래, 대기업 직원이 훨씬 낫지. 조금만 더 버티자. 저놈이 뭐라고 하든 신경 쓰지 말고 사장님을 믿자. 그런 거 아닌가요?"

다들 움찔했다.

노형진이 정확하게 핵심을 찔렀으니까.

물론 노형진은 그들이 그럴 거라는 것을 예상했다.

그래서 그에 대한 답변 역시 준비해 왔다.

"그런 식으로 넘어간 기업들에 대한 보고서입니다."

노형진은 미리 준비한 서류를 그들에게 건넸다.

순서가 바뀌었다지만 기업이 대동에 넘어가는 과정은 똑

같으니까.

"대부분은 동남아 쪽의 일입니다만, 일부는 한국에서 벌어진 일이지요. 이 기록에 따르면 대동은 인수한 기업의 직원에 대한 고용 유지를 단 한 번도 한 적이 없습니다."

"허억!"

"저 같아도 안 합니다. 다 자르고 비정규직으로 채우면 더 어린 애들을 쓰면서 돈을 더 아낄 수 있는데, 왜 유지합니까?"

그래서 정상적인 기업 거래에서 양심적인 사장이라면 기를 쓰고 고용 유지 조항을 다는 것이다.

가족같이 일한 회사의 직원들이 한꺼번에 길바닥으로 나앉는 경우를 방지하기 위해서 말이다.

"과연 여러분의 사장님들이 그런 조항을 달아 줄까요?"

노형진의 말에 누구도 대꾸하지 못했다.

노형진은 그런 그들에게 더 강력한 폭탄을 던졌다.

"아, 제가 잘못 말씀드렸네요."

"그…… 그렇지요?"

"여러분의 사장님이 넘기는 게 아닙니다. 지분이 넘어가서 여러분 사장님도 잘리는 거죠. 잘려서 회사에서 나가는 사장들이 뭐라고 할까요?"

입을 쩍 벌리는 사람들.

설마 사장이 잘리리라고는 꿈에도 생각하지 못했기 때문이다.

"여러분이 무슨 생각을 하든 이미 게임은 끝났습니다. 물론 승자가 대룡이 되는지 대동이 되는지, 그건 아직 결정되지 않았지요. 하지만 한 가지는 확실합니다. 여러분이 승자 쪽에 줄을 설 방법은 없다는 거요."

격하게 흔들리는 사람들.

노형진은 그들에게 계속 공포감을 불러일으켰다.

"성화 기억들 하시죠? 대룡은 성화도 무너트렸습니다. 그런데 설마 여러분이 다니는 기업은 무너트리지 못할 거라 생각하십니까? 성화 다니던 사람들, 요즘 인생 완전 조진 거 아시죠? 보아하니 나이가 좀 있으신 분들도 계신데, 과연 다른 곳으로 이직하실 수 있겠어요? 그것도 대놓고 대룡이랑 싸우신 다음에?"

노형진의 말은 거의 협박 수준으로 흘러가고 있었지만 누구도 반격하지 못했다.

'반격할 자신이 없는 거지.'

반격을 하고 싶겠지만, 평생을 그저 일만 하면서 가족들을 부양했던 사람들이다.

월급을 받지도 못해도 묵묵히 일만 하던 그들이, 갑자기 이런 공격을 받는다고 투사로 바뀌어서 바로 반격할 수 있을 리 없다.

"우리보고 어쩌란 말입니까?"

"채권을 넘기시죠."

"그러면 그걸로 회사를 망하게 할 거 아닙니까!"

직원들은 다들 다급하게 소리를 질렀다.

"우…… 우리도 알아봤습니다! 우리 회사 망하게 하려고 하는 거 다 압니다!"

"누가 뭐라고 했습니까? 아까도 말씀드렸다시피 우리는 여러분 회사를 가만두지 않을 겁니다. 따로 알아보실 필요도 없는 일이지요. 어찌 되었건, 알아보셨다고 하니 이야기가 빠르겠네요. 채권을 넘기시고 지금이라도 그만두시겠습니까, 아니며 그냥 망하는 회사랑 같이 버티다 땡전 한 푼 못 받고 나가시겠습니까? 아, 그리고 혹시나 해서 말하는 건데, 저한테 덤비시려면 목숨 걸고 덤비세요. 회사도 망하게 하는 판국에 사람 인생 하나 망가트리는 건 일도 아니니까요."

"으으으……."

그들은 억울했다.

어떻게 해서든 항의하거나 따지고 싶었다.

하지만 그들은 할 수 있는 게 없었다.

평생 노동자로 살아온 그들이 법률적 싸움이나 논리적 항변을 하는 건 너무 힘든 일이었다.

설사 가능하다고 해도, 무서웠다.

항변했다가 자신들의 미래가 망가질까 봐.

그러니 서로 눈치만 볼 뿐 아무도 아무 말도 하지 못했다.

'그렇지. 그런 거지.'

노예의 삶에 익숙한 사람들.

그들은 결코 저항하지 못한다.

'하지만 누군가 도와주면 거기에는 매달리지.'

노형진은 그렇게 생각하면서 박 부장을 살짝 찔렀다.

옆에 있던 박 부장은 무슨 뜻인지 알고 노형진의 말을 끊었다.

"그건 너무한 것 같습니다, 노 변호사님. 다른 방법도 있는데 이분들에게 그렇게까지 하는 건 보복입니다."

"어차피 전쟁입니다. 저들은 적의 병사들이고요."

"진짜 전쟁은 아니지 않습니까? 그리고 전쟁이라고 해도, 저들은 그저 끌려 나온 사람들입니다. 그런데 본인뿐만 아니라 가족들의 목숨까지 걸라고 하시는 건 너무 잔인한 일입니다."

아까와 다르게 그들의 편을 들어 주는 박 부장.

그런 박 부장에게 노형진은 짜증 난다는 듯 말했다.

"그래서 우리한테 덤비는 자들을 놔두자고요? 저 노형진입니다. 제게 이빨을 드러낸 사람을 살려 둔 적이 없는 사람입니다, 박 부장님."

"이분들이 노 변호사님에게 이빨을 드러낸 적은 없습니다. 그저 방법을 모르실 뿐이지요."

"제가 봐서는 전혀 아닌데요? 병신같이 6개월간 월급도 못 받고 입 닥치고 있는 게 정상인가요? 결국 저들은 사장의 행동에 동조하는 겁니다. 그러면 그 책임은 져야지요."

"저들은 단순 노동자들입니다."

"노동자이기 이전에 자유의지를 가진 사람으로서 선택을 한 거죠."

노형진과 박 부장이 대립하자, 사람들은 자신도 모르게 박 부장을 애타는 눈빛으로 바라보면서 응원했다.

자신을 구하려고 하는 사람에게 적대적 시선을 보내는 사람은 거의 없을 테니까.

"좋아요. 네, 뭐 좋습니다. 그래서요? 저들을 놔둘 겁니까? 네? 저들이 그냥 일하게? 그러면 우리가 무슨 의미가 있죠? 그냥 아무것도 모르니까 적 병사를 풀어 주는 꼴이지 뭐가 더 됩니까? 〈존스 상병 구출하기〉 못 보셨어요? 거기서 적 병사가 불쌍하다고 살려 줬다가 다음번에 본인의 모가지가 날아갔습니다만?"

노형진의 말에 박 부장은 순간 말문이 막혔다.

그리고 앞에 모여 앉은 노동자들은 심장이 미친 듯이 뛰었다.

그들은 자신들도 모르게 노형진과 박 부장에게 자신들의 미래가 걸려 있다고 생각하고 있었다.

사실 틀린 말은 아니다.

기업 차원에서 개개인의 인생을 박살 내겠다고 분명히 이야기했으니, 아무것도 모르는 그들은 그게 진짜인 줄 알 테니까.

"그러면 저들이 기존 사장에게 대항하는 건 어떻습니까?"

"허! 노동자잖아요? 월급 달라는 말도 못 하는 사람들이 뭔 대항을 해요?"

"할 수 있을 겁니다. 자기 인생과 가족들의 인생이 달린 일 아닙니까?"

"그래요? 박 부장님, 멍청한 짓거리도 한두 번입니다."

노형진이 더 강하게 항의하자 박 부장은 그런 노형진에게 못을 박았다.

"더 이상은 못 참겠군요. 제가 책임지고 그렇게 하도록 하겠습니다."

"박 부장님이요?"

"네, 제가 책임지고 사장에게 대항하게 하도록 하겠습니다. 그러니 그만 손 떼시죠."

"웃기는군. 야, 박 부장! 너 지금 내가 만만하냐?"

"너야말로 내가 만만한가 본데, 나 대룡의 부장이야!"

"얼씨구? 그래서? 나 대룡의 고문 변호사야! 어디 부장 따위가!"

점점 언성이 높아지는 두 사람.

그리고 그에 어쩔 줄 몰라서 구경만 하는 사람들.

노형진은 결국 자리에서 일어났다.

"오냐, 네 맘대로 해 봐라! 하지만 내가 장담하는데, 실패하는 그 순간 이 새끼들 목숨은 없다. 알았냐? 나 마이스터 고문 변호사인 거 알지? 대룡에서 안 도와줘도, 이 새끼들다 죽여 버릴 거야! 알았냐? 알았냐고!"

소리를 버럭 지른 노형진은 그곳을 박차고 나왔다.

그리고 바깥에서 한참 심호흡을 하고는 시계를 바라보았다.

"자, 얼마나 걸리는지 두고 볼까?"

⚖️

"어떻게 되었습니까?"

사무실에서 기다리다 보니 박 부장이 피곤한 얼굴로 들어
왔다.

"설득했습니다. 사실 의뢰를 받아 내는 건 어렵지 않았습
니다."

"역시나."

노형진은 씩 웃었다.

"그나저나 아까 미안했습니다. 좀 격했지요?"

"뭐, 이야기가 다 된 건데요, 뭘. 그나저나 나쁜 경찰 착한
경찰 작전이라니, 의외네요."

"원래 그런 방법은 겁이 많거나 예속적인 성향이 강한 사
람들에게 잘 먹힙니다. 경찰이 수십 년 동안 써먹는 데에는
다 이유가 있지요, 후후후."

사실 거기서 싸운 것은 노형진과 박 부장이 짠 것이었다.

노형진은 사람들을 공격하고 박 부장은 그들을 지키는 형

식으로 말이다.

"당근과 채찍은 번갈아 쓰라는 말이 있지요. 그나저나 노 변호사님이야말로 이미지가 망가져서 어쩌시나요?"

"저야 그러라고 있는 변호사 아닙니까? 그리고 말이 새어 나갈 수 있는 가능성도 있으니까요."

핸드폰을 빼앗았다고 하지만 다른 녹음기가 있을 수도 있고, 그들이 말로 전할 수도 있는 일이다.

"만일 대룡이 공격하면 대룡의 이미지에 타격이 갈 겁니다. 하지만 전 일개 변호사일 뿐이지요. 이미지에 영향이 별로 없어요."

그래서 대룡은 방어를, 노형진은 공격을 담당한 것이다.

"저희는 노 변호사님에게 여러 가지로 도움만 받네요."

"그러라고 변호사한테 이걸 주는 거 아니겠습니까?"

노형진은 손가락을 들어서 지폐를 세는 흉내를 냈고, 그걸 보고 박 부장은 미소를 지었다.

"일단 그들은 제 편으로 넘어왔습니다. 아마 회사로 돌아가면 이리저리 소문을 낼 겁니다. 그런데 이걸로 효과가 있을까요?"

"있지요. 일단 임금은 현행법상 가장 우선시되는 채권입니다. 대동이 투자했다고 하지만, 투자의 함정은 채권으로 인정되기 힘들다는 거죠."

설사 투자가 소송과 채권을 통해 인정받는다고 해도 그 순위는 뒤로 밀린다.

"그러면 원자재를 압류하실 생각입니까?"

노형진이 밀린 월급을 받아 낼 때 가장 흔하게 쓰는 방법이 다름 아닌 원자재를 압류하는 것이다.

그러면 회사 입장에서는 통째로 멈춰야 하기 때문에 어쩔 수 없이 밀린 월급을 토해 내곤 했다.

"아니요. 이번은 아닙니다."

노형진은 고개를 흔들었다.

"이번은 상황이 좀 다르니까요."

어차피 공장은 멈춰 있는 상황이다.

당연히 기존에 원자재를 공급했던 회사들은 원자재를 모조리 회수해 갔다.

대금을 주지 못했으니까.

그러니 원자재를 압류한다고 해서 그들에게 타격이 가지는 않는다.

"기계를 압류합니다."

"네? 기계를요?"

"네, 기계를 압류합니다. 뭉쳐서요."

"뭉쳐서라니, 무슨 말씀이신지?"

"유 회장님에게 말씀드렸던 게 있지요. 정리할 것은 정리해야 한다고요."

그리고 그걸 정리하려는 게 노형진의 생각이었다.

"기업의 규모는 사실 전혀 상관없지요."

"그게 무슨 말씀이신지?"

"뻥튀기 기계 하나를 둬도, 거대한 공장을 돌려도 기업은 기업이지요. 제 방법은 간단합니다. 그들의 임금을 모두 채권으로 전환해서 기계를 압류한 다음, 그 기계를 하나의 기업으로 허가를 내는 겁니다."

"네에?"

박 부장은 놀라서 깜짝 놀랐다.

고작 기계 하나를 기업 하나로 보겠다는 노형진의 계획 때문이었다.

"그게 무슨 의미가 있지요? 지금과 달라지는 게 없지 않습니까?"

"없지는 않습니다. 대동이 가지고 가는 것은 기업입니다, 기계가 아니라."

"네? 아하!"

눈을 크게 뜨는 박 부장.

"말 그대로 쭉정이군요."

"네, 제 계획은 그겁니다."

그들이 투자한 대상은 기계가 아니라 기업이다.

그리고 일단 기업에 투자한 이상, 그 돈은 쉽게 뺄 수 있는 것이 아니다.

"문제는 임금채권 역시 기업 대상이라는 거죠."

즉, 임금채권을 이유로 기업에서 기계를 압류해 와 버린다면, 그 기업의 가치는 확 떨어진다.

"그러면 대동은 두 가지 선택을 해야 합니다."

하나는 모든 직원들의 월급을 한꺼번에 갚아 주고 그만큼의 지분을 요구하는 것이다.

당연하게도 싼 가격에 기업을 산다는 것은 불가능해진다.

그리고 규모의 경제가 바로 역습을 하게 된다.

"200억으로 터무니없는 권한을 가지고 갔지만, 밀린 월급을 갚아 주기 시작하면 들어가는 돈이 어마어마해지죠."

아무리 대동이라고 하지만 한꺼번에 모든 기업들의 월급을 틀어막을 수는 없다.

"결국 기계를 빼앗기는 곳이 발생할 겁니다."

"그 돈은 날리는 셈이군요."

기계가 없는 공장이 무슨 의미가 있겠는가?

"실제로 그런 경우가 종종 있지요."

한국에서는 사람의 가치를 낮게 보지만, 사실 사람의 가치는 생각보다 높다.

미국에서는 한 사람을 영입하기 위해 그가 운영하는 기업을 통째로 사들일 정도로 사람의 가치를 인정한다.

하지만 한국은 그러지 않는 성향이 있다.

"기억이 납니다. 유명한 사건이었지요."

박 부장은 고개를 끄덕거렸다.

모 대기업에서, 중소기업에서 개발 중인 기술을 탐내어 터무니없는 가격에 넘기라고 압박했다.

개발비도 안 되는 그 돈에 넘길 생각이 없었던 중소기업은 당연히 거절했고, 대기업은 적대적 인수 합병을 통해 해당 기업을 집어삼켜 버렸다.

"그 사건이 터진 후에 사장이 사표를 내 버렸죠."

사장만 사표를 낸 것이 아니다.

해당 기술을 같이 개발했던 개발진이 동시에 사표를 내고 따로 새로 기업을 만들었다.

만들던 기술이 있기는 하지만 미완성인 데다가 그 기술에 대한 이해가 깊은 사람들이 모조리 그만두는 바람에 기술은 완성되기는커녕 분석에만 몇 년이 걸리게 된 판국이었고, 그 사이 회사에서 나간 사람들이 외부에서 그 기술을 완성해서 특허를 내 버렸다.

"그 사건으로 그 기업이 몇백억대의 손해를 봤지요."

기업을 샀지만 쭉정이만 남았고, 새로 개발된 기술의 사용 권한을 얻지 못하는 바람에 대체 기술 개발비에만 수백억이 들었던 사건.

"중소기업들은 그런 걸 모르죠."

지금이야 직원들이 아무것도 하지 않고 그냥 노예처럼 끌려가니 좋다고 착취하겠지만, 그들이 나서서 싸우기 시작하면, 아니 싸우려고 하는 사람에게 위임하면 그때는 상황이 바뀌어 버린다.

"그리고 맞서 싸울 사람이 저군요."

"어차피 대룡과 척진 상황 아닙니까?"

공격하고 싶어도, 그를 공격한다는 것은 대룡을 공격한다는 것.

데면데면하게 바라만 보고 있는 상황이지만, 난타전이 시작되면 불리한 것은 그들이다.

"하지만 월급을 제대로 준 곳들도 있는데요."

"그렇지요. 그런 곳은 보통 어느 정도 대출이 있기 마련이지요. 사실 대출 없이 자산만으로 사업하는 사람은 거의 없습니다."

그리고 대룡의 전화 한 통이면 그 채권은 바로 회수될 것이다.

"대룡이 약해서 봐준 게 아닙니다, 그냥 지금까지 선의로 봐준 거지. 보통 호의가 계속되면 권리인 줄 압니다만, 그게 권리가 아니라는 사실을 확실하게 각인시킬 때입니다."

노형진은 씩 웃었다.

⚖️

쾅!

신동우는 손바닥으로 탁자를 힘껏 내리쳤다.

생각지도 못한 일이 터져 나왔다.

기업에서 일하던 직원들이 공장의 장비를 모조리 압류해 버린 것.

물론 안 그런 곳도 있었지만, 그런 곳도 채권을 모조리 대룡이 구입하기 시작하면 무슨 일이 벌어질지 예상하는 것은 어려운 일이 아니었다.

"월급? 월급? 고작 월급 때문에 이 꼴이 난다고?"

신동우는 이해가 가지 않았다.

도대체 어떤 식으로 회사를 운영하기에 이 정도로 일이 커질 때까지 월급을 주지 않을 수가 있단 말인가?

신동우가 나쁜 목적을 가지고 한국 진출을 하고 있다고 하지만, 그래도 그는 유능한 사람이기에 한국의 회사 사정에 해박했다.

한데 그런 그도 이런 식으로 운영한다는 것은 들어 보지도 못했다.

"한국 중소기업 특유의 문제입니다. 인건비는 다른 비용에 비해 그 가치가 후순위권인지라⋯⋯."

전관서도 당혹스러웠다.

신동우야 일본에서 태어나고 자란 일본 사람이라고 하지만, 그는 한국 사람이기 때문이다.

'젠장, 이럴 줄은 나도 몰랐는데.'

사실 그도 중소기업들 중에 이런 성향을 가진 곳이 제법 많다는 것은 알고 있었지만, 직접 당해 본 적은 없다.

엘리트로 태어나서 대동의 장학생으로 돈 걱정 없이 최고의 환경에서 공부하고 성장한 그가 중소기업과 엮일 일은 없었고, 이런 기업이 있다는 걸 알고는 있었으되 직접 겪어 보지 못한 탓에 떠올리지도 못한 것이 이번 패배의 원인이었다.

"지금까지 기계를 압류한 곳에 대한 총 필요 지원금은 2,600억입니다."

"2,600억? 아니, 그 정도로 많이 월급을 안 줬다는 거야!"

"월급뿐만 아니라 퇴직금이나 소송에 대한 손해배상금 같은 것까지 포함된 금액입니다."

월급이 제대로 나오지 않는 회사에서 오래 일할 사람은 없고 그들에 대한 퇴직금도 지급해야 하지만, 그것도 안 주는 회사가 수두룩하다.

심지어 몇몇은 계약서와 다르게 사대보험조차도 들어 주지 않아서, 그것도 일시불로 물어 줘야 하는 상황이 되어 버렸다.

당연하게도 그런 사람들 역시 이번 소송에 합류했다.

"2,600억? 허, 미쳤구먼."

아무리 신동우라고 해도 그 정도 되는 돈을 당장 가지고 올 수는 없다.

"아니, 설사 준다고 해도, 애초의 우리 목적에서 완전히 벗어나는 거잖아?"

원래 목적은 헐값에 회사의 권한을 가지고 오는 것이었다.

그런데 상황이 이렇게 되어 버리면, 그 헐값에 가지고 온 다는 계획은 절대 불가능해진다.

도리어 현재 가치보다 다 비싸게 주고 가지고 오는 꼴이 되어 버린다.

"끄응…… 노형진…… 노형진……."

신동우는 노형진의 이름을 계속 되새겼다.

이겼다고 생각했다.

어렵지 않게, 충분히 그들을 집어삼킬 거라 생각했다.

그런데 그 모든 게 실패했다.

"어떻게 할까요, 사장님? 지금이라도 우리 돈을 투자할까요?"

"2,600억을 주자고? 그 돈이 본사에서 나올 리 없잖아!"

설사 나온다고 해도, 그 돈으로 살 수 있는 것은 지금 도움을 요청한 극히 일부뿐이다.

"전 부사장, 자네가 생각하기에는 어때?"

"의미가 없습니다."

그 돈으로 막는다고 해도 다른 기업이 나올 수밖에 없다.

더군다나 그들을 산다고 해도 다른 기업을 사지 못하면, 궁극적으로 전자 제품 생산 라인을 만든다는 계획은 물 건너가는 셈이다.

"이 상황대로라면 해당 기업들을 전부 산다고 해도 제대로 된 제품이 나오는 것은 불가능합니다. 전자연합 상품들의 특성입니다. 우리가 선택할 수 있는 최선의 방법은, 현재 우리가 가진 권한을 싸게 넘기는 겁니다."

"싸게 넘긴다?"

"네, 해당 기업들의 권한을 우리가 가지고 있어 봐야 결국 우리는 대룡 좋은 일만 해 주는 셈입니다."

지금으로써는 뭔가를 방해할 수도 없다.

8개월 후에까지 쥐고 있다가 대룡과의 거래에 반대표를 던질 수도 있겠지만…….

"현 상황을 봐서는 아무리 길어도 2개월을 못 넘기는 회사가 60% 이상입니다."

"끄응. 하지만 200억이나 들었는데……."

"선택해야 합니다. 그러지 않으면 그 손실을 우리가 책임져야 합니다."

신동우는 어쩔 수 없이 고개를 끄덕거렸다.

"판매해."

"알겠습니다."

전관서는 고개를 끄덕거렸다.

손실이 확정적이면 가능한 한 빨리 털어 버리는 것이 제일 나은 선택이라는 것을 그는 잘 알고 있으니까.

그는 나가면서도 입술을 깨물었다.

'어째서지? 내가 위에 있었는데.'

노형진에 대해서는 충분히 분석했다.

그리고 대응책도 완벽하게 세웠다고 생각했다.

그런데 이런 식으로 역전당할 줄은 생각도 못 했다.

'이번만이다. 이번만 지는 거다. 다음번에는 내가 이길 거다.'

그는 그렇게 분노를 속으로 집어삼켰다.

"그걸 누가 사겠나?"

대동은 결국 중소기업들의 권리를 시장에 내놨다.

하지만 그 권리를 사는 사람은 없었다.

이미 시장에서는 그들이 대룡과 전쟁 중이며, 사실상 패배가 확정적이라는 소문이 돌고 있었다.

거기에다 대동이 권리를 매물로 내놨다는 것은, 대동 역시 그들에게서 손을 떼었다는 의미가 된다.

그들이 그 권리를 빼앗기 위해서 쓴 돈이 200억이었지만, 지금은 그 가치가 50억밖에 되지 않는 권리에 누구도 관심을 가지지 않았다.

"그래서 저러는 건가요?"

노형진은 회장실에 있는 창문을 통해 대룡의 본사 입구 건너편을 바라보았다.

입구에 옹기종기 뭉쳐서 안절부절못하는 사람들이 가득했다.

모두 망해 가는 기업의 사장들이다.

그들은 이제 와서 대룡에 살려 달라고 빌고 있었다.

"어떻게 생각하나?"

유민택이 노형진의 옆으로 와서 그들을 내려다보며 물었다.

아주 먼 거리지만 그들은 다들 절박함이 느껴지는 표정이었다.

하지만 그렇다고 해서 노형진과 유민택에게 영향을 미칠 수 있는 건 아니었다.

절박함 때문에 사람이 하던 일을 멈춘다면, 이 세상은 범죄가 없는 세상이 되었으리라.

"사람은 고쳐 쓰는 게 아니라고 했습니다. 저기에 있는 사람들은 이미 저희가 골라낸 악질입니다."

비록 배신은 했지만 그래도 사람을 제대로 대우해 준 곳들은 공격을 멈췄다.

사실 채권에는 반환 기간이 있기 때문에 공격하는 것이 쉽지 않은 것도 사실이고.

"하지만 저들은 아니죠. 저들에게 반격하고 있는 사람들은 우리가 아니라 그 아래에서 일하던 사람들이죠. 거기에다 저들의 요구 조건이 너무 터무니없지 않습니까?"

그들은 대룡 때문에 대동의 투자가 틀어졌으니 대룡이 자신들에게 투자해 줘야 한다는 주장을 하고 있다.

물론 말도 안 되는 개소리다.

"결국은 자기 버릇 개 못 주는 겁니다."

"평소와 다르군. 전에는 그래도 한 번이라도 기회를 주려고 하지 않았나?"

"기회를 받을 만한 가치가 있는 사람에게는 그렇지요. 하지만 저들에게 과연 기회를 받을 가치가 있을까요?"

직원들을 쥐어짜고 착복하고, 그것만으로 부족해서 대룡에 칼을 꽂으려고 했다.

"그들이 망한다고 해서 그 장비가 어디 가는 건 아니죠."

그 공장의 직원들이 장비를 낙찰받아서 쓸지 아니면 누군가 다른 사람이 낙찰받아서 쓸지는 알 수 없다.

중요한 것은, 누구든 전자연합의 빈자리에 들어올 의사는 충분하다는 것이다.

"우리가 손해 보는 건 없습니다. 시간이 해결해 줄 문제이지요."

"그건 그렇지."

유민택은 고개를 끄덕거렸다.

그 역시 안다.

한 번 배신한 자는 또 배신할 수도 있다는 것을.

그래서 크게 쓸 사람은 아니라는 것을.

"이번 일은 해결된 것 같은데, 이제 어쩔 생각인가? 이대로 끝낼 생각인가?"

"글쎄요."

노형진은 살짝 눈을 찡그렸다.

"우리가 심어 둔 씨앗이 얼마나 똥을 싸지를 준비가 되었는지 확인해 보는 것도 좋겠네요."

"그거 참 기대가 되는군, 후후후."

유민택은 눈을 반짝거렸다.

사건은 현장에서부터

　새론이 조사 팀을 공식적으로 외부에 드러내고 가동하면
서부터 많은 사건들이 몰려왔다.

　하지만 노형진도 사람이니 당연히 그가 생각하지 못한 부
분의 문제가 가끔 생기기도 했다.

　모든 것을 예측할 수 있는 사람은 세상에 존재하지 않으니까.

　물론 그런 게 부정적인 경우도 있지만, 긍정적인 경우도
있었다.

　노형진은 지금 자신이 예상하지 못한 이 부작용이 부정적
인 건지 긍정적인 건지 도무지 판단하기 어려웠다.

　"또 보내 달라고요? 어디에요?"

　"강서 경찰서에."

"거기에 가 있는 변호사만 세 명 아닌가요?"

"그래. 그런데 더 보내 달라고 하더군."

국회의원이 된 송정한 대신에 새론을 이끌고 있는 김성식은 잔뜩 피곤한 기색으로 얼굴을 문질렀다.

"그런데 보낼 사람이 없어. 자네가 좀 가 봐야겠네."

"끄응."

노형진이 예상하지 못한 부작용.

그건 다름 아닌, 미결 사건이 아닌 다른 사건들에 대한 의뢰였다.

"조사 팀을 구성한 게 이런 식으로 되돌아올 줄은 몰랐는데요."

"그만큼 대한민국 사법 시스템이 망가져서 국민들이 신임을 하지 않는다는 의미겠지."

원래 조사 팀을 구상한 것은 해결되지 않은 많은 사건들을 해결하기 위해서였다.

그러나 노형진이 생각지도 못한 부분이 있었으니, 그건 바로 사건 현장에서 바로 오는 의뢰는 더 많다는 것이었다.

"처음에는 이 정도는 아니었는데."

"소문이 안 났으니까."

처음에 미결 사건 위주로 받아들인다고 했는데, 지금은 소문이 나면서 형사사건에서부터 아예 새론을 끼워 넣고 사건을 조사받는 사람들까지 넘치고 있었다.

이것이 법이다

다른 변호사들과 다르게 새론은 사건을 분석하는 능력이 뛰어나기 때문이다.

"하늘 쪽에 도움을 요청해야 하지 않을까요?"

"그게 문제야. 하늘은 공식적으로는 다른 기업이네. 우리와 함께할 수가 없어. 이럴 거면 합병을 하든가, 아니면 그쪽에도 수사 팀을 만들어야 하네."

김성식은 잔뜩 피곤한 목소리로 말했다.

"사방에서 사건이 몰려들고 있어. 오죽하면 다른 로펌과 변호사들도 뭐라고 하네."

"네? 아니, 왜요?"

"우리가 대형 사건들을 모조리 쓸어 가고 있다고 말이야."

"아니, 그건 그들이 일을 안 한 탓이잖아요?"

지금까지 경쟁이라는 것을 모르고 서로서로 알은척하면서 꿀 빨아 놓고 이제 와서 제대로 일한다고 항의하다니.

노형진은 기가 찼다.

"세상일이 다 그런 거 아닌가."

다른 변호사들이 사건이 성립된 후에 찾아온 의뢰인에게 사건을 받는 구조인 데 반해서, 새론은 의무적으로 경찰서를 돌면서 사건을 수임하는 기간이 있다.

그래야 새론에 대한 홍보도 될 뿐만 아니라 경험도 쌓이기 때문이다.

"시너지가 너무 강한데요."

한 명이 홍보하는 것일 뿐인데도 조사 팀 소문이 나자 너도나도 다급하게 변호사를 불러 댔다.

요즘 도무지 경찰을 믿을 수 없다고 생각하는 사람들이 많으니까.

한데 그 양이 도무지 현장에 있는 변호사 혼자서 감당할 수 있는 수준이 아니었다.

"우리가 확장하는 걸로는 답이 안 보이겠어. 일단 자네가 지금 강서 경찰서 쪽으로 좀 가 주게. 그쪽에서 다급한 모양이니."

"하지만 사건이 좀 많은데……."

넘치는 사건에 노형진은 쓴 입맛을 다셨다.

"알아. 사실 평범한 사건이면 다른 변호사를 보내거나 순위를 좀 밀겠는데, 살인 사건이야."

"살인요?"

노형진은 눈을 찌푸렸다.

살인 사건이라고 하면 상당히 심각한 문제다.

"하지만 가해자가 잡힌 거라면 우리가 뭘 어떻게 할 수가 없지 않습니까? 살인 사건이라면서요?"

"그게 문제야. 가해자는 잡혔네. 그런데 가해자가 자신이 결백하다고 주장하는 거야. 함정에 빠졌다고 말이지."

"흠……."

노형진은 눈을 찌푸렸.

사실 많은 사건의 범인들이 그런 거짓말을 한다.

그냥 흔한 거짓말로 치부해도 되지만, 문제는 실제로 그런 경우 또한 많다는 거다.

"바로 경찰서로 와 달라고 하는 걸 보니 금방 잡혔나 봐요?"

"거의 현행범 수준이지. 현장에서 잡혔거든."

"네? 현행범요?"

노형진은 고개를 갸웃했다.

현행범이라면 억울하다고 할 이유가 없기 때문이다.

그러나 이야기를 들어 보니 상황을 알 것 같았다.

"집에 들어갔더니 이미 죽어 있었다는 거야."

"그리고 바로 경찰이 들이닥쳤고요?"

"그래."

"이거야 원, 대놓고 함정이라는 건데."

노형진은 머리를 긁적거렸다.

함정을 판 사람들이 가장 많이 쓰는 방법이 그런 거다.

"그런데 문제가 두 개가 있네."

"두 개요?"

"그래. 첫째는 신고야. 피해자가 신고를 했거든."

"피해자가 신고를 했다고요?"

"그래."

가해자가 자신을 죽이려고 한다고, 피해자가 다급하게 112에 신고를 했다는 것이다.

경찰이 부랴부랴 도착했을 때는 이미 피해자는 죽어 있었고.

"그럼 대놓고 살인범이잖아요? 피해자가 증언한 셈인데."

"보통은 그렇지."

"이건 뭐, 벗어날 길이 없어 보이는데. 두 번째 문제가 뭔데요?"

"피의자가 수진오야."

"그런데요?"

"자네, 수진오 모르나?"

"알아야 하나요?"

노형진은 머리를 긁적거렸다.

그라고 해서 세상의 모든 사람들을 다 아는 것은 아니다.

물론 회귀 전에 알던 사람이라거나 사회적으로 영향력이 있는 사람이라면 알겠지만, 이름만 들어서는 그게 누군지 알 수가 없다.

"큐엠미디어 몰라?"

"뭐 하는 회사인데요?"

"드라마 제작사 아닌가? 〈10월의 사랑〉, 〈바람과 불꽃〉, 〈옆집 오빠〉, 〈불타 버린 사랑〉 등을 만든 곳."

"그게 뭔데요?"

"몰라? 진짜? 자네, 엔터테인먼트조합 고문 변호사잖아?"

어이없어하는 김성식.

노형진은 머리를 긁었다.

"고문 변호사이기는 하지만 미디어 쪽이랑 엮일 일이 없었잖아요. 고문 변호사 자리도 사실상 명예직 같은 거고."

"그래도 그렇지, 그 드라마들을 안 보다니."

"볼 시간이 있나요?"

사실 노형진은 드라마를 별로 좋아하지 않는다.

정확하게 표현하자면, 볼 시간이 없어서 좋아하지도 않는다.

회귀 전에 영화를 좋아했기에 성공한 영화에 투자하자는 생각에서 지금의 미다스라는 존재로까지 성장했지만, 정작 드라마에는 거의 투자한 적이 없다.

그럴 수밖에 없는 게, 드라마에 대해서는 진짜 젬병이니까.

'아는 게 있어야지.'

바쁜 노형진에게 한국 드라마는 너무 호흡이 길다.

미드 같은 경우는 회차별로 주제가 다른 경우가 많기 때문에 보기도 편하고 영화도 마찬가지이지만, 한국 드라마는 호흡 자체가 긴 데다가 시리즈 자체도 길기 때문에 그걸 볼 만한 시간을 낼 수가 없었던 탓이다.

"유명한 회사인가 봐요?"

"드라마 쪽에서는 미다스라고 보면 되네."

"위후, 그 정도예요?"

"그래. 작년에 시청률이 10%가 넘은 드라마만 해도 다섯 개야."

"작년 한 해 동안에요? 그게 가능합니까?"

시청률 10%면 지금같이 방송국이 넘치는 시절에 결코 쉬운 일이 아니다.

소위 말하는 대박급이다.

거기에다 10% 미만의 시청률을 기록한 드라마도 있었을 테니 실제 드라마 제작량은 더 많다는 뜻이고, 그렇다면 절대 작은 회사가 아니다.

"작년에 큐엠에서 만든 드라마가 여덟 개거든. 그중에서 시청률 8% 아래로 떨어진 드라마는 하나도 없네."

"대단하네요."

"대단한 사람이지. 수진오는 그런 대단한 큐엠의 사장이고."

"네에?"

노형진은 김성식이 왜 그렇게 머리 아파하는지 알 것 같았다.

그런 사람이면 아마 지금쯤 엔터 쪽은 난리가 났을 것이다.

큐엠에서 제작하던 드라마들은 심각하게 제작 중단을 고민하고 있을지도 모른다.

"아니, 그런데 왜 살인을 해요?"

"그러니까 나도 이해가 안 가는 거야. 할 이유가 없어."

"으음, 피해자와의 관계는요?"

"그 정도는 나도 모르지. 지금 막 들어온 사건이니까."

노형진은 왜 김성식이 자신을 콕 찍었는지 알 것 같았다.

그 정도 되는 사건이면 분명히 언론을 탈 테고, 진짜 살인 사건이든 그가 누명을 쓴 것이든 그 뒤에 수습할 규모는 절대 작을 리 없기 때문이다.

"알겠습니다. 제가 한번 가 보도록 하지요."

"그래, 어서 가 보게."

김성식의 말에 노형진은 자리에서 일어났다.

'큐엠이라…….'

노형진은 왠지 그 회사가 궁금했다.

⚖

"대단하네."

노형진은 가는 길에 큐엠과 수진오에 대해 인터넷으로 조사를 했다.

그리고 저도 모르게 탄성을 내질렀다.

"진짜 능력 있는 사람이네요!"

"노 변호사만큼 하려고요?"

옆에 있던 운전기사가 노형진의 말에 피식 웃었다.

그는 이동하는 동안에 노형진이 사건을 분석할 수 있게 회사에서 붙여 준 사람이었다.

"뭐, 방향이 다르기는 하죠. 칭찬 감사합니다. 하지만 이 사람은 진짜배기예요."

사실 법률 쪽을 제외한 노형진의 천재적 면모는 미래를 알고 있고 사이코메트리를 쓸 수 있는 덕분이다.

그런데 이 수진오라는 사람은 말 그대로 사업적 혜안을 타고난 사람이었다.

'사업하는 스타일도 멋진 사람이고.'

그는 사업을 일으킬 때 남과 다른 선택을 했다.

다른 사람들은 드라마 제작사를 세우고 유명 작가를 고용하기 위해 돈을 퍼 줄 때, 그는 그 대신에 기성작가 중에서 소위 말하는 상업 문학 작가들에게 집중했다.

그것도 장르 소설이라고 불리는 부분에 말이다.

'보는 방식이 바뀌면 세상도 달라 보인다…….'

노형진과 비슷한 방식이다.

그는 장르 소설이라는 게 특징상 한국의 긴 드라마 호흡과 비슷한 데다가 몇몇 장르 소설 작가들의 경우는 스토리를 만들어 내는 능력이 기존 드라마 작가보다 뛰어나다는 점에 착안하여, 그들을 설득해서 드라마 시나리오 제작법을 알려 주고 원고를 받아 내어 제작한 것이다.

'그리고 그렇게 아낀 제작비는 제작 현장에 투입하고 말이지.'

소위 유명한 드라마 작가는 드라마를 만들 때 회당 5천만 원씩 받는 것으로 알려져 있다.

그나마도 그게 10년 전이다.

방송국이 많아진 지금은 알고 싶어도 드라마 작가들이 외부 공개를 부담스러워해서 알 수조차 없는 수준이 되었다.

'그 점을 노렸단 말이지.'

그렇게 발굴한 작가들에게 회당 천만 원 이하로 계약하고 좋은 시나리오를 받아 내서 남긴 돈은, 드라마 제작 현장에 투자하고도 남는다.

그렇다 보니 방송국 입장에서도 낮은 가격에 좋은 드라마를 만들어 주는 곳이 바로 큐엠이었고, 그 덕에 일거리가 잔뜩 쌓여 있었다.

더군다나 조건이 다른 곳보다 훨씬 좋다 보니 능력 있는 사람들이 많이 왔고, 작가 입장에서도 기성 장르 시장보다 수입도 나쁘지 않는 데다가 드라마 작가라는 타이틀이 있으면 그것도 나쁘지 않기 때문에 서로 윈윈하는 구조였다.

"머리가 좋은 사람이야."

노형진은 그 부분이 이해가 가지 않았다.

다른 건 모르겠지만 사업하는 스타일을 봐서는 그는 노형진과 같은 타입이다.

주변을 조사하고, 변수를 줄이려고 하며, 남이 모르는 뭔가에서 영감을 얻는다.

"그런 사람이 갑자기 격정적인 감정에 휩싸여서 사람을 죽인다고?"

물론 사람이 눈깔이 돌아가면 뭔 짓인들 못 하겠냐마는, 문제는 그 부분이다.

"이런 사람들은 아무리 눈이 돌아가도 자기통제력은 절대 잃어버리지 않는데."

뒤에서 조용히 칼을 갈면서 나중을 기약하는 타입이지, 눈
이 돌아갔다고 바로 칼로 사람을 쑤실 수 있는 사람은 아니다.

"일단 가서 만나 봐야겠네."

어쩐지 노형진은 석연치 않았다.

쾅!

"당신이 찌른 거 맞잖아!"

"아니라니까요!"

"그러면 당신 옷에 묻은 피는 어떻게 설명할 건데!"

"응급조치를 하려고 했단 말입니다!"

"개소리하고 자빠졌네. 그러면 피해자가 네가 자길 죽이
려고 한다고 신고한 건?"

"그건……."

"거봐! 말 못 하잖아, 이 새끼야!"

고래고래 소리를 지르는 경찰을 보고 노형진은 눈을 찌푸
렸다.

아마도 범인이라고 확신하는 모양이다.

'하긴, 나 같아도 그럴 테지.'

문을 부수고 들어간 경찰의 눈에 보인 것은 피범벅이 된
피해자와 수진오였다.

그러니 당연히 현행범으로 체포할 수밖에 없다.

거기에다 신고 내용이 있으니······.

"반말은 자제하시죠?"

"넌 또 뭐야?"

"새론에서 나왔습니다. 지금부터 수진오 씨를 변호할 예정입니다."

"으음······."

경찰이 눈을 찌푸렸다.

'그래, 실적 쌓기 쉬워 보였다 이거지.'

보통 경찰의 새론에 대한 태도는 우호적이다.

그들 입장에서는 자신들이 혹시나 실수로라도 억울한 피해자를 만들 수 있는데 새론이 그 브레이크 역할을 하니 새론을 좋게 보았던 것이다.

사실 형사사건에 변호사가 끼는 건 당연하기 때문에 나쁘게 본다고 해서 뭐가 바뀌는 것도 아니지만.

'하지만 일부는 그렇지 않지.'

전처럼 대충 하고 기소해도 실적이 나오는 걸 좋아하는 자들은 새론을 별로 좋아하지 않는다.

지금 눈앞에 있는 경찰처럼 말이다.

"현행범이라고 하지만 그래도 무죄를 주장하고 있습니다. 재판이 확정되기 전에는 무죄 추정의 원칙이 적용되는 거 아시죠?"

"끄응."

"그러니까 거칠게 하지 마시죠. 그리고 여기."

노형진은 대놓고 눈앞에 녹음기를 내밀었다.

경찰이 강압적 수사를 하려고 할 때 가장 좋은 방법은 항의가 아니다.

어차피 항의는 씹으면 그만이다.

"현 시간부터 모든 조사 과정은 녹음하겠습니다."

"싯팔."

"그게 저희한테 한 말은 아니죠? 아, 그리고 아까 강압적으로 하시던데, 그러면 그 전에 쓴 진술서 다 효과 없는 거 아시죠? 정식으로 항의하겠습니다. 제대로 처음부터 작성하시죠?"

똥 씹은 표정이 된 경찰은 처음부터 다시 시작했다.

"이름."

"어허! 반말!"

"이름이 뭡니까?"

짜증이 잔뜩 들어 있는 경찰의 목소리.

노형진은 그런 그를 보고 씩 웃으며 말했다.

"그러면 이제는 수진오 씨에게 말할 차례네요."

"네?"

"변호사로서 묵비권을 행사할 것을 권해 드립니다."

경찰의 얼굴이 붉으락푸르락해졌다.

"구속은 피할 수 없습니다. 적부심을 신청하겠지만, 통과되기는 힘들 겁니다."

노형진은 따로 준비된 접견실에서 수진오에게 말했다.

"저는 진짜로 안 죽였습니다. 진짜예요."

"믿습니다."

노형진은 고개를 끄덕거렸다.

사실 오자마자 수진오의 기억을 읽었다.

그가 기억하는 것은, 들어갔을 때 이미 피를 흘리고 있는 여자의 모습이었다.

"하지만 구속이라는 건 필요한 상황에 따라 발부되는 거라서요. 지금 같은 경우는 합리적인 판사라면 무조건 발부할 겁니다."

"어째서요?"

"수진오 씨는 성공한 사람이니까요."

구속은 도주나 증거인멸의 우려가 있을 때 발부되는 것이 보통이다.

물론 정치적인 이유로 발부되거나 거부되는 경우도 있지만, 이 사건은 일단 그럴 만한 이유가 없다.

"제가 성공한 거랑 무슨 관계가 있다고요!"

"일단 현행범이시지 않습니까?"

현행범일 뿐만 아니라 사회적으로 성공한 부자이기도 하다.

"도망갈 수도 있고, 뇌물을 쓰거나 해서 증거를 인멸할 수도 있죠."

"저는 그런 사람 아닙니다!"

"그걸 재판부가 알 리 없죠."

그걸 판단하는 것은 재판정에서지, 사건 전에 그런 게 아니라고 판단하지는 않는다.

"아, 진짜 미치겠네."

수진오는 머리를 부여잡았다.

다행히 아까 직원이 가지고 온 옷으로 갈아입은 후라서 지금 그의 옷에는 피가 묻어 있지 않았다.

"일단 그 여성분이 누군지 알아야겠군요. 누굽니까?"

"제가 결혼을 약속한 사람입니다."

"결혼 약속요? 약혼자란 말입니까?"

"네."

'아니, 그러면 더 말이 안 되잖아?'

약혼자가 왜 수진오에게 함정을 판단 말인가?

거기에다가 진짜로 죽었다.

'진짜 말이 안 되는데?'

누군가가 누명을 씌운 것은 확실하다.

하지만 그 증거가 없다.

더군다나 약혼자라고?

"그러면 어떻게 만나신 겁니까? 약혼자라고 하는 걸 보니 친밀하셨던 것 같은데. 아니, 친밀할 수밖에 없겠군요."

"그게…… 원래는 단역이었습니다."

"단역?"

"네, 단역이었습니다. 우연히 오디션 현장에서 보고 마음에 들어서……."

그 순간, 문이 벌컥 열렸다. 그리고 한 남자가 번개같이 튀어 들어오더니 다짜고짜 수진오의 멱살을 잡아 올렸다.

"이 개새끼! 네가…… 네가! 어떻게 이럴 수 있어!"

"어억!"

노형진이 말릴 틈도 없이 수진오에게 주먹을 휘두르는 남자.

수진오는 반대쪽으로 나뒹굴었다.

뒤이어 들어온 사람들이 남자를 붙잡았다.

"진정하세요! 진정!"

"진정? 진정? 진정하라고? 내가 저 개새끼를 죽여 버리고 만다!"

길길이 날뛰면서 고래고래 소리를 지르는 남자.

노형진은 그를 보고 눈을 찌푸렸다.

"진원진 씨?"

진원진.

노형진도 아는 사람이다.

그럴 수밖에 없는 게, 그는 사업가가 아니라 연예인이니까.

그것도 한때는 제법 잘나간 연예인이다.

지금이야 나이가 있어서 인기가 많이 떨어졌지만, 그래도 한때는 한국의 로맨스 쪽을 호령하던 사람이었다.

"왜 그러십니까?"

끌려 나가는 진원진.

그리고 고개를 푹 숙이고 대답을 하지 못하는 수진오.

노형진은 현 상황이 이해가 가지 않았다.

"아니, 진원진 씨가 왜 저러는 겁니까?"

"그게……."

고개를 숙이고 한참을 흐느끼던 수진오의 말에 노형진은 뒤통수를 맞은 느낌이었다.

"원진이 형은…… 제 동업자입니다."

"아무리 그래도 그렇지, 다짜고짜 팬다고요? 도리어 자기가 회사를 지키려고 해야 하는 거 아닙니까?"

"그게…… 그리고…… 진영아……의 오빠입니다…… 크흐흐흑……."

"진영아요? 지금 진영아라고 하셨습니까?"

진영아는 사망한 약혼자의 이름이다.

"네…… 진영아의 오빠입니다."

"끄응……."

노형진은 자신도 모르게 신음을 낼 수밖에 없었다.

"사건 더럽게 꼬였네, 이거."

수진오의 동업자는 진원진.

그리고 진영아는 그의 동생이다.

진원진과 진영아는 나이 차이가 좀 나는 편이었다.

"사귀고 나서야 수진오는 그 사실을 알았다고요?"

"네."

진영아는 오빠인 진원진처럼 연예인이 되기를 원했다.

그래서 이곳저곳 다니면서 오디션을 보다가 수진오를 만났다.

"그리고 그때는 이미 진원진이 동업자가 된 상황이었고?"

"네."

과거의 발언에 따르면 진영아는 진원진의 입김으로 연예인이 되는 것을 원하지 않았기에, 진원진과의 관계도 감추고 다녔다고 한다.

"그리고 사귀고 보니 동업자 동생이라는 거네? 이거, 기자들이 물어뜯기 딱 좋군."

김성식은 노형진의 말에 저절로 한숨이 나왔다.

"그리고 수진오는 천하의 개쌍놈이 되는 거군."

자신의 약혼자이자 동업자의 동생을 죽인, 천하의 개쌍놈이 되는 것이다.

"아마 내일 아침 조간으로 파다하게 퍼지겠네요."

"끄응…… 그런데 확실한 건가, 수진오가 결백한 거?"

"아마도요. 제가 봐서는 확실하게 결백해 보입니다."

기억을 읽었다고 할 수는 없으니 노형진이 해 줄 수 있는 말은 그 정도뿐이었다.

"그럼 도대체 어떻게 된 일 같은가?"

"글쎄요. 아무리 생각해도 이해가 가지 않습니다. 김 변호사님도 아시지 않습니까? 모든 사건에는 원인이 있는 법이지요."

"그렇지."

물론 그게 외부의 요인이 될 수도 있고 내부의 요인이 될 수도 있다.

하지만 원인이 없는 법은 없다.

심지어 소위 말하는 묻지 마 살인도 그놈이 미친놈이라는 엄연한 원인이 존재한다.

당한 사람 입장에서는 억울하겠지만 말이다.

"하지만 이 경우는 수진오 씨가 죽일 이유가 없어요. 더군다나 진원진 씨와 동업자 관계입니다. 그걸 감안하면, 갑자기 죽이려고 덤빈다는 건 도무지 말이 안 됩니다."

"하지만 녹음 기록을 들어 보면 알겠지만 확실하게 수진오 씨가 범인이야."

노형진 역시 이미 그 녹음된 소리를 들어 봤다.

무언가로 문짝을 부수는 소리가 들려왔고, 진영아는 112에 다급하게 살려 달라고 비명을 질러 댔다.

그러다가 갑자기 전화가 끊겼고, 도착했을 때 진영아는 칼에 찔린 상태로 죽어 있었다.

"일단 제가 현장 사진을 보지 못했으니 오는 대로 확인해 봐야겠습니다만."

일단 현장 사진을 보고 그래도 이해가 안 가면, 노형진은 현장에 가서 사이코메트리라도 할 생각이었다.

"노 변호사님!"

"네?"

그런데 노형진의 사무실로 팀원 한 명이 다급하게 얼굴을 내밀었다.

"큰일 났어요."

"큰일요? 무슨 큰일요?"

"방금 뉴스가 나왔어요."

"이미 뉴스는 계속 나오고 있는데요."

다른 곳도 아닌 큐엠 사장이 살인범으로 몰린 사건이다.

언론에 나가지 않았다면 그게 이상한 것이다.

"사건 이야기이기는 한데, 살인의 원인에 대해 나오고 있어요."

"네?"

"지금 방금 속보로 떴는데, 진영아가 수진오와 헤어질 생각을 하고 있었대요."

"네? 잠깐만, 그게 무슨 말이에요?"

"진영아가 헤어지려고 하고 있었다고 진원진이 주장하고 있어요. 녹음 기록까지 있다고요."

노형진은 머리를 부여잡았다.

"염병……."

치정.

살인 사건이 벌어지는 가장 큰 이유 중 하나.

지금까지는 없었던 사건의 원인, 그게 갑자기 나타났다.

⚖️

"치정이라……."

노형진은 수진오를 만나서 물었다, 그게 사실이냐고.

하지만 수진오는 전혀 모르는 일이라면서 발끈했다.

도리어 멘붕이 오는 표정이었다.

"그러니까 수진오는 몰랐다는 건데……."

하지만 진원진의 말에 따르면, 진영아는 수진오가 주먹을 쓰기 때문에 그에게 헤어지자고 요구했다는 것이다.

"그리고 그걸 받아들이지 못한 수진오는 살인을 했다라……. 전형적인 치정 살인 사건인데, 끄응."

노형진은 머리를 부여잡았다.

일이 더럽게 꼬이고 있었다.

증거는 다름 아닌 녹음 내역이었다.

다만 수진오와 진영아의 녹음 내역은 아니었다.

진원진과 진영아의 녹음 내역이었다.

-오빠, 어쩌지? 차라리 죽으면 죽었지 절대 헤어지지는 못하겠대.

-넌 마음 굳힌 거야?

-내가 생각하던 사람이 아니야. 폭력을 쓰는 사람을 어떻게 믿고 따라가?

-그건 그런데, 솔직히 오빠는 걱정이다. 물론 사람이 발끈하는 건 있지만…….

-오빠야 동업자 입장에서나 그렇지, 나는 맞는 입장이라고.

-후우, 알았다. 내가 만나서 잘 이야기해 볼게.

-나 진짜 더 이상은 못 살아. 열 살이나 많은 사람을 내가 왜 만난 건데? 좋은 사람이다 싶어서 만난 건데, 여자한테 주먹을 쓰는 후레자식이라니.

-알았다. 내가 이야기해 볼게.

짧은 통화였다.

하지만 그 안에는 진영아와 진원진이 수진오의 폭력적 행동에 대해 걱정하는 목소리가 담겨 있었다.

"어떻게 생각하나? 이미 여론 재판은 끝난 것 같은데."

"그러니 더 문제입니다. 이건 어떻게 해서든 재판 전에 끝내야 합니다."

만일 재판까지 가게 되면 불리한 것은 이쪽이다.

물론 그때 가서 무죄를 받을 수도 있지만…….

"여론 재판의 문제점이 그거거든요."

여론 재판에서 유죄가 확정되면, 진짜 법원의 재판에서 뒤집어진다고 해도 상황은 바뀌지 않는다.

형사적으로 풀려날 수야 있지만 이미 여론은 그를 살인범으로 확정한 상황이고, 결국 사회적 처벌이 따라오게 된다.

큐엠이 순식간에 무너질 가능성이 크다.

"문제는 어떻게 재판 전에 끝내냐는 건데."

그래야 사람들의 관심이 식기 전에 사건을 해결할 수 있다.

"하지만 이렇게 빼도 박도 못하는 증거가 나왔으니……."

"그건 그렇지요. 분명 빼도 박도 못합니다."

"벗어나기 힘들겠지?"

노형진은 고개를 흔들었다.

"제가 말한 빼도 박도 못한다는 건 다른 의미입니다."

"그게 무슨 소리야?"

"이 녹음 내역이 치정을 밝히는 가장 확실한 증거죠. 하지만 제가 봐서는 수진오 씨가 범인이 아니라는 가장 확실한 증거이지 싶습니다."

"수진오가 범인이 아니라는 가장 확실한 증거?"

"네?"

"어째서?"

김성식은 고개를 갸웃했다.

이해가 가지 않았던 것이다.

하지만 그 이유 자체는 단순했다.

"녹음을 했으니까요."

"그게 왜 증거가 된다는 거야?"

"세상에 자기 동생과 통화한 내역을 녹음하는 사람이 어디 있습니까?"

"나중에 증거로 삼기 위해 녹음한 거라잖아?"

이미 언론에 그런 식으로 뿌렸고, 누구도 그걸 의심하지 않았다.

왜냐하면 실제로 진영아는 사망했으니까.

"다르게 생각해 보죠. 진영아 사망이라는 결과를 제외하고 본다면, 이 녹음의 가치는 어떻게 될까요?"

"응? 이 녹음의 가치?"

"네. 만약 진영아가 살아 있다면요?"

"어…… 그다지 가치가 없겠지?"

일단 살아 있다는 것 자체가 증거를 조작할 가능성이 높다는 것이니까.

"그리고 진원진은 경험이 많은 사람입니다. 연예인을 하면서 소송만 열 번 넘게 겪은 사람이죠. 그런데 그런 사람이 증언의 가치를 모를까요?"

"으응…… 그건 좀 그러네. 확실히 제법 소송을 많이 겪기는 했지."

"그래서 이상한 겁니다. 진원진은 경험이 있습니다. 동생과의 녹음보다는 수진오와의 녹음이 더 가치가 있다는 걸 알 겁니다."

그리고 그는 그러한 녹음을 할 수 있는 자리에 있다.

수진오의 동업자이자 친한 형이다.

또한 약혼자의 오빠이기도 하다.

"직접 전화를 해서 왜 때렸냐고 따지기만 해도, 수진오는 고개를 팍 숙이고 잘못했다고 빌어야 하는 입장이죠."

"오! 그렇군."

절대적 갑은 진원진이고, 수진오는 고개를 숙일 수밖에 없는 입장이다. 만일 보통 사람이라면 동생과의 통화를 녹음하기보다는 가해자인 수진오와의 대화를 녹음할 것이다.

"지금 이 녹음 내역에 진실성을 주는 원인은 단 하나뿐입니다. 진영아가 죽었다는 거죠."

"잠깐…… 그 말은……."

김성식은 얼굴이 창백해졌다.

노형진이 말하는 지금의 상황이 성립되기 위해서는 한 가지 조건이 전제되어야 한다. 그리고 그건 현재 벌어지는 상황과는 정반대의 상황이 된다.

"설마 진짜 범인이 진원진이라는 건가?"

"그런 것 같습니다."

이것이 법이다

"농담인가?"

"진담입니다."

사실 처음에는 진원진을 의심하지 않았다. 그런데 진원진은 억울하다고 주장하면서 이런 녹음 기록을 공개했다.

물론 공개할 수도 있다.

그의 입장에서는 동생의 죽음이 너무나 억울한 일일 테니까.

"그런데 말이 됩니까? 동생이 이런 고통을 받는데 거기서 조금만 참으라고 한다는 게?"

"아무래도 사정이 사정이다 보니 그런 거 아닐까? 사업 관계가 있으니까……."

"둘이 결혼한 상태라면 그랬을 수도 있지요."

노형진은 차갑게 말했다.

결혼했다면 그럴 수 있다.

같이 사니까. 그래서 같은 생활공간을 가지고 있으니까.

"하지만 진영아와 수진오는 아직 결혼을 하지 않았습니다. 둘은 따로 살고 있지요. 그리고 살인의 장소는 수진오의 집이고요."

진영아는 오피스텔을 빌려서 살고 있고, 수진오는 자신의 주택을 가지고 있다.

그 수진오의 주택에서 살인이 벌어졌다.

"살인의 위협. 하다못해서 두들겨 맞아 헤어지고 싶어 하는 여자가 그 집에 있다는 게 말이나 됩니까?"

"어? 그러고 보니 그러네."

물론 두들겨 맞으면서도 벗어나지 못하는 사람들도 있다. 일종의 스톡홀름 증후군에 걸리는 것이다.

소위 말하는 매 맞는 사람들이 그런 편이다.

"하지만 진영아는 헤어지려고 결심했습니다. 그런데 그런 여자가, 왜 자신을 때리는 남자의 집으로 갔을까요?"

"이야기를 해 보려고?"

"저라면 그런 일로 만난다면 공포스러워서라도 다른 사람들 앞에서 만날 겁니다."

커피숍이나 사람들이 많은 공간에서는 그들도 섣불리 폭력을 행사하지 못한다. 특히나 수진오는 지금까지 한 번도 폭행 사건에 연루되지 않았다.

"그 말은, 수진오가 진짜 폭력을 행사한다고 해도 사람들 앞에서는 때리지 못한다는 뜻이 되죠."

"그렇군. 그걸 안다면 나 같아도 사람이 많은 곳에서 만나서 이야기하려고 할 거야."

김성식은 고개를 끄덕거렸다. 그건 기본적인 사람의 심리다.

"그런데 그녀는 굳이 수진오의 집으로 가서 살해당했지요."

"어째서일까?"

"글쎄요."

노형진은 눈을 찌푸렸다.

"그걸 이제부터 알아봐야겠지요."

현장을 보면 진실이 보인다

　노형진이 사건 기록 열람을 신청한 뒤 그 기록을 받기까지는 시간이 좀 걸렸다.

　그리고 기록을 보았을 때, 노형진은 그 잔혹함에 저절로 눈을 찌푸렸다.

　"확실히 죽이려고 작정을 했네요."

　피해자인 진영아는 칼로 네 번을 찔렸다.

　죽이려고 결심한 듯, 주저 없이 찔렸다.

　"그리고 피해자에게 방어흔도 많고. 부검의에 따르면 앞에서 칼로 연속해서 네 번을 찔렀다. 그리고 그중 간에 찔리면서 사망이라⋯⋯."

　노형진은 사건 현장의 사진을 한 장씩 넘겼다.

그런데 사진을 보면서 이해가 가지 않는 게 하나 있었다.

"문이 문제군요."

"문이라니?"

"네, 이 문요."

진영아가 죽은 곳은 주택이다.

그녀는 가해자를 피해서 큰방으로 도망쳤고, 가해자는 문을 부수고 안으로 들어갔다.

"뭐가 문제인가? 바깥에 있는 소방 도끼로 부순 건데."

크게 성공한 수진오는 집을 자신의 취향에 맞게 지으면서 안전과 보안에 신경을 썼다.

"그래서 이상한 겁니다."

소방 도끼야 안전을 많이 생각하는 사람이면 비치해 둘 수 있다.

"실제로 사건에 사용된 소방 도끼는 수진오가 집에 비치한 거라고 했으니까 이상한 것도 없고요."

당연하게도 도끼에서는 그의 지문이 나왔다.

"그런데 뭐가 문제야?"

"집주인이잖아요. 그런데 왜 문을 부숩니까? 열쇠가 있을 텐데요."

"아⋯⋯."

수진오가 사는 집은 세입자로 들어간 곳이 아니다.

자신이 땅을 사서 살기 위해 지은 집이다.

그러니까 일반적으로 비치하지 않는 소방 도끼 같은 것도 비치할 수 있었을 것이다.

"생각해 보세요. 열쇠가 있는데 왜 문을 부술까요? 거기에 다 문은 당기는 유형입니다."

미는 유형이라면, 안쪽에 의자라도 하나 놔두면 문이 열리는 것을 막을 수 있다.

하지만 당기는 문은 그게 안 된다.

그냥 열쇠로 열고 당기면 된다.

"눈이 돌아간 상황이었을 수도 있지. 그런 상황에서 열쇠를 찾으러 다니겠어?"

"그건 그럴 수도 있지요. 하지만 그 정도로 눈이 뒤집어졌다면 말이 안 되는 게 있습니다."

"어떤 거?"

"그 정도로 눈이 뒤집어졌는데 살인 도구로 왜 도끼를 쓰지 않았죠?"

"음…… 그렇군. 자네 말이 맞아. 그 정도로 눈이 뒤집어졌으면 뵈는 게 없었을 텐데."

도끼로 문을 부수어 열고 들어갔다.

그런데 살해 자체는 집에 있던 부엌칼로 했다.

"그러니까 범인은, 문을 도끼로 부수고 구멍에 손을 넣어서 문을 열고 들어간 다음, 들고 있던 도끼를 버리고 좀 떨어진 주방으로 가서 부엌칼을 들고 와서 피해자를 살해한 거죠."

소방 도끼의 크기를 생각하면 부엌칼도 같이 들고 있었을 가능성은 거의 없다.

그렇다고 그걸 다른 주머니에 넣어 두고 도끼질을 했을 리도 없고.

위험한 짓이니까.

"그랬다면 옷이 칼에 잘려 나간 흔적이 보여야 합니다만, 그런 것도 없죠."

이미 사진으로 해당 증거들을 다 확인했다.

하지만 칼로 인해 옷이 찢어진 부분은 발견되지 않았다.

"그리고 부엌은 안쪽이고 안방은 바깥쪽이죠."

즉, 구조상 칼을 가지러 가기 위해 부엌으로 갔다는 것은 피해자가 도망칠 여지가 충분히 있었다는 의미다.

"하지만 공포감에 다리가 풀렸을 수도 있지 않나?"

김성식은 합리적인 의심을 했다.

사건 현장에서 보면 의외로 그런 경우는 많다.

"그건 그렇지요. 하지만 저도 사건 기록을 보면서 한 가지 실험을 했습니다."

"한 가지 실험?"

"네. 한번 보세요."

노형진은 컴퓨터로 영상을 틀었다.

고정되어 있는 문 하나가 보였다.

"동일한 문이군."

"네, 그리고 이걸 부수는 거죠."

고정된 문을, 누군가 힘껏 도끼로 내리찍기 시작했다.

문틈으로 서슬 퍼런 도끼날의 빛이 팍팍 튀는 것이, 살벌하기 그지없었다.

"문을 부수는 데 대략 10분 정도 걸리더군요."

"10분이나 걸렸어?"

"소방 도끼도 종류가 많으니까요."

일반적으로 사람들이 소방 도끼라고 생각하는 것은 진짜로 소방관들이 들고 다니는, 양손으로 드는 커다란 도끼다.

물론 그게 파괴력은 좋다.

"하지만 그런 건 일반적으로 집에 비치하지 않거든요. 확인 결과, 그곳에 비치된 소방 도끼는 한 손용이었습니다."

정확하게는 한 손도 되고 양손도 되는, 대략 30센티미터급의 물건이다.

나무 정도는 자를 수 있고, 양손으로 내리찍으면 부족하나마 소방 도끼로 쓸 수 있는 물건.

"그런데?"

"경찰이랑 통화하다가 갑자기 끊어졌죠? 경찰은 그게 수진오가 공격해서 그런 거라고 생각하던데요, 통화 시간이 채 2분이 안 됩니다."

"어?"

그러고 보니 그렇다.

고작 2분 만에 문을 부수고 들어간 게 아니라면⋯⋯.

"피해자는 방 안에 있는데 어떻게 문을 부수는 와중에 핸드폰을 빼앗아서 부숴 버렸을까요?"

아무리 양손으로 잡고 후려친다고 해도 10분이나 걸린다.

"더군다나 지금 실험에서 문을 부순 건 우리 정보 팀, 아니 조사 팀 사람입니다. 업무 특성상 열심히 몸 관리하는 사람들이지요."

"무슨 뜻인지 알겠네. 수진오는 전형적인 직장인이지 따로 근력 운동 같은 건 안 한 것 같더군."

"네."

즉, 더 오래 걸렸으면 모를까, 짧게 걸릴 수는 없다는 것이다.

"확실히 그런 면에서 보면 이상한 부분이 많군."

30센티미터급 도끼면, 눈깔이 돌아간 상태에서는 충분히 살인용 흉기로 쓸 수 있다.

그런데 그걸 굳이 버리고 부엌칼을 쓸 이유는 없다.

"그리고 생각해 보세요. 그 정도로 흥분한 사람이 조용히 문짝만 부수겠습니까?"

"그게 무슨 소리인가?"

"녹음 기록의 배경음을 조사해 봐 달라고 했습니다."

그런데 문짝 부수는 소리 말고는 딱히 들리는 게 없었다.

노형진은 그 부분이 이해가 가지 않았다.

만일 그 정도로 눈이 돌아간 사람이라면 욕을 하든 소리를 지르든, 뭐라도 했어야 정상이다.

그런데 그런 흔적이 전혀 없다.

마치 안에서 통화를 하든 말든 상관하지 않겠다는 듯, 묵묵히 문짝을 부수는 소리만 들려왔다.

"그러니까 원인도 살해 방법도 다 드러난 상황인데 정황상 이상한 부분이 있다는 것뿐이잖나?"

"네."

"정황상의 문제로 사건을 뒤집기는 너무 힘들어."

가장 중요한 부분은 바로 녹음이다.

다급한 상황에 처한 진영아는 수진오가 자신을 죽이려고 한다고 비명을 질러 댔고, 경찰이 도착했을 때 진영아는 죽어 있었으며 수진오는 그런 그녀를 안고 있었다.

"노 변호사 말은 무슨 뜻인지 알겠네. 진영아가 수진오에게 누명을 씌우려고 작정하고 접근했다는 건데 말이야. 아무리 그래도 문제가 있네. 세상에 자신의 목숨을 바치면서까지 누명을 씌우려고 하는 사람이 있을까?"

물론 같은 하늘 아래 살 수 없는 철천지원수 같은 존재라면 충분히 그럴 수도 있다.

하지만 진영아와 수진오는 그런 사이가 아니다.

한때는 약혼까지 했다.

"더군다나 그 계획이 성공하기 위해서는 한 명이 더 있어야 하네."

혼자서 문짝을 부수면서 비명을 질러 댈 수는 없으니까.

"그 다급함을 보여 주는 거야, 진영아가 연기를 배웠으니 가능하다고 해도 말이지."

김성식은 테이블을 탁탁 두드리며 말했다.

모든 것이 정황상의 의심일 뿐이다.

재판부에 합리적 의심을 불러일으킬 수는 있겠지만, 딱 거기까지다.

"더군다나 자네가, 이 사건은 재판까지 가면 안 된다며?"

"타격이 클 테니까요."

"그러면 다른 범인을 잡아야 하는데. 현 상황에서 가장 의심스러운 것은 진원진이지만……."

진원진이 동생과의 통화 녹음 내역을 공개했다.

즉, 그건 서로 짜고 통화하지 않았다면 나오지 않았을 물건이다.

"하지만 진원진이 그럴 이유가 없지 않나?"

"큐엠이 있지 않습니까?"

큐엠은 진원진과 수진오가 세운 회사다.

만일 수진오가 살인으로 잡혀가면 진원진은 그곳을 통째로 집어삼킬 수 있다.

"더군다나 진원진은 그 당시에 녹화 중이었네."

그래서 그는 경찰서에 늦게 도착한 것이었다.

이것이 병이다

녹화 장소가 제주도였어서, 빨리 오고 싶어도 우선 비행기 표를 구해야 했기 때문이다.

"다른 누군가를 쓴 거겠지요."

"자기 동생을 죽여 가면서까지? 그럴 이유가 있을까?"

"글쎄요, 그건 잘 모르겠습니다. 중요한 건, 수진오가 함정에 빠지면 가장 이득을 보는 사람은 진원진이라는 거죠."

벌써 다섯 개가 넘는 성공작을 만들어 낸 큐엠미디어다.

당연히 그 가치는 어마어마하다.

"아마 수천억은 벌 수 있을 겁니다."

"진원진도 부자야."

"부자였을 수도 있죠."

"뭐?"

"전에도 말했지만, 무슨 일이든 원인이 있는 법입니다."

진원진이 하루아침에 갑자기 동생과 짜고 수진오를 함정에 빠트려서 회사를 집어삼키자고 결심했을 리는 없다.

"일단 진영아와 진원진이 남매 관계라고 하니 치정은 아니겠지요. 같이 기업을 키울 정도면 수진오와 진원진 사이에 원한이 있는 것도 아닐 테고요. 그러면 가장 흔한 이유 중 단 하나만 남지요."

바로 돈이었다.

"과연 진원진의 자금 상태가 어떤지 궁금하군요."

"역시나."

예상대로라고 해야 하나?

진원진의 상태는 말 그대로 빛 좋은 개살구였다.

"사방에 압류투성이군."

"그러게 말입니다."

노형진은 그 기록을 보면서 입맛을 다셨다.

진원진은 배우로서 성공한 사람이다.

하지만 그렇다고 해서 돈이 무궁무진한 것은 아니었다.

"피해자의 유가족의 자산 상태를 의심하는 경찰은 없지요. 더군다나 이렇게 명백한 증거들이 산적한 상황에서는요."

거기에다 진원진은 성공한 배우로 유명한 사람이다.

그러니 누구도 그를 의심하지 않을 것이다.

"엉뚱한 투자를 한 게 문제군."

"그러게 말입니다."

노형진은 안타깝게 말했다.

'한 방에 다 털어 먹었군.'

진원진은 금값이 폭등하던 시기에 금에 투자했다.

노형진은 회귀해서 언제 금값이 오르는지 알고 있었기 때문에 최하점일 때 사서 최고점에서 팔았다.

하지만 진원진은 아니었다.

"계속 오를 줄 알았나 보네."

"그런 것 같네요."

거의 최고점일 때 그는 금에 투자했다.

그리고 얼마 후부터 금은 대폭락을 하기 시작했다.

노형진은 시기를 잘 맞춰서 두 배의 수익을 냈지만, 진원진은 투자금의 30%를 날려 먹었다.

그 이후에 반등이라도 해 주었다면 좋았겠지만, 불행히도 그날 이후 금값은 안정세로 돌아선 상황이었다.

"사방에 대출을 끼고 투자를 했는데 말이죠."

그나마 좀 잘나갈 때는 괜찮았다.

그는 로코의 왕자라고 불렸던 사람이니까.

문제는 그 로코의 왕자라는 타이틀이다.

"나이 먹고 로코를 할 수는 없겠지."

로코, 즉 로맨스 코미디는 기본적으로 젊은 남성에 대한 여성의 환상을 추구한다.

당연하게도 나이를 먹으면 다른 장르로 넘어가야 한다.

그런데 진원진은 그걸 실패했다.

연기가 너무 정형화되어 있었기 때문이다.

더군다나 로코 이미지가 너무 강해서, 강렬한 배역을 감당하기는 힘들었다.

"나이가 있다 보니 출연료도 떨어졌을 테고."

"원금 상환 시기가 좀 있으면 돌아오는군요."

여기서 문제가 된다.

지금까지는 출연료로 이자만 내 왔다.

슬슬 원금을 상환해야 하는 시기가 다가오는데, 상환할 능력이 안 된다.

"유일하게 돈이 되는 것은 큐엠의 주식뿐이죠."

문제는 큐엠의 주식을 빼앗기면 진원진은 말 그대로 개털이 된다는 것이다.

일단 돈도 돈이지만 어쩔 수 없이 소송전에 들어가야 하는데, 방송국은 구설수가 생긴 사람을 방송에 출연시키는 것을 상당히 꺼린다.

"왜 그걸 경찰이 몰랐지?"

"아까도 말했지만 경찰이 유가족을 의심하는 경우는 드뭅니다. 더군다나 알리바이가 있으니까요."

거기에다 진원진은, 지금은 한물간 취급 받는다 해도 한때 한국의 여심을 뒤흔들던 사람이었다.

그런 사람을 뒤에서 조사하다 걸리면 대한민국의 언론은 일단 경찰을 가루가 되도록 깔 것이다.

"한국 경찰은 위험부담을 안느니 차라리 수사를 안 하고 말죠."

반대로 위험부담만 없으면 서슴없이 죄를 뒤집어씌우는 일이 비일비재했다.

"으음…… 심각한 문제군."

김성식은 곤란한 얼굴이 되었다.

진원진이 무서워서?

아니다.

연예인이 무서울 정도라면 애초에 대검찰청 중수부는 못 들어간다.

그곳은 재벌과 정치인을 대상으로 조사하는 곳이다.

진원진이 아무리 성공한 배우라고 해도, 그들이 가진 힘의 절반도 가지지 못한다.

재벌의 경우는 아예 비교도 못 할 정도고.

"자네가 말한 가설에는 한 가지 문제점이 있네. 뭐가 문제인지 알지?"

"압니다."

노형진이 설정한 가설.

그 가설을 부정하는 단 하나의 이유.

다름 아닌 진영아의 사망.

그녀가 죽은 이상 이 모든 게 의미가 없다.

진원진이 그녀를 죽일 이유가 없으니까.

"진원진이 누군가를 통해 진영아를 죽였다는 건데."

그리고 진영아는 수진오를 함정에 빠트리는 것에 동의하고 함께 함정을 팠다는 것이다.

"그리고 그 와중에 배신이 벌어졌다는 거죠."

진영아를 포섭한 진원진이 다른 누군가를 보내면서 진영

아를 죽이라고 한 거다.

　그러나 진영아는 그걸 모르고 혼신의 연기로 녹음을 하다가, 문을 부수고 들어온 남자에게 찔린 것이다.

　그것 말고는 다른 이유가 없다.

　"사건이 완전히 복잡해지는데. 무엇보다 진영아가 배신을 할 이유가 없지 않나?"

　"배신을 할 이유가 있지요."

　"무슨 배신?"

　"다시 치정으로 돌아가면 됩니다."

　"으응?"

　노형진의 말에 김성식은 고개를 갸웃할 수밖에 없었다.

　진영아가 속해 있는 회사는 진원진이 속한 회사와는 다르다.

　진원진 스스로가 돕지 않겠다고 했기 때문에, 오해를 막기 위해 고의적으로 다른 회사를 골랐다고 들었다.

　중견 회사인 그곳은 엔터테인먼트조합에 속해 있지는 않았다.

　어느 정도 규모를 가지고 있어 조합의 힘이 필요가 없기 때문이다.

　하지만 그렇다고 해도 노형진이라는 이름의 무게감은 알

고 있었다.

"진영아요?"

"네. 다른 사람과 만나고 있지요?"

"그건 모릅니다."

진영아의 사망으로 가뜩이나 뒤숭숭한 상황에서, 그 회사는 이번 사건 때문에 죽을 맛이었다.

소속된 연예인이 주연급은 아니지만 그래도 조연으로 조금씩 이름을 알리려고 하는 찰나에 죽었으니 그럴 만도 했다.

"확실한 겁니까?"

"저희가 그걸 말해 줘야 할 이유라도 있습니까?"

사장은 짜증스럽게 말했다.

가뜩이나 살인 사건인데, 거기에다 또 구설수에 오르면 자기들도 피곤하니까.

"있지요. 소속 연예인들의 드라마 출연이 막히는 게 싫으시면요."

"뭐요? 지금 협박하는 거요!"

"거래를 하는 거지요."

노형진은 싱글거리면서 말했다.

"매니저라는 존재는 그림자 같은 거죠. 거의 스물네 시간 붙어 다니니까. 당연하게도 대부분의 사생활을 알 수밖에 없죠. 비밀이야 어떻게 감출 수 있다지만, 그 사람이 어떤 사람인지 정도는 알죠. 그래서 연예계에서 매니저의 교체 횟수는 상당히 중요한 인성의 판가름 기준이기도 하고요."

가령 10년간 매니저를 바꾼 횟수가 세 번 이하라면 그는 상당히 인성이 좋은 연예인 축에 든다.

실제로 몇몇 성공한 연예인들은 아예 1인 기획사를 세우면서 자신의 매니저를 데리고 나오는 경우도 많다.

"하지만 10년간 서른 번 넘게 매니저를 바꾼다면? 그건 그 사람 인격에 문제가 있다는 거죠."

갑질을 하거나 매니저에게 부담을 준다는 뜻이다.

오죽하면 그런 연예인을 만난 매니저들은 학을 떼면서 연예계를 떠나기도 한다.

"그런데 기록을 보아하니 진영아 씨는 매니저가 자주 바뀐 편이던데요?"

데뷔한 지 2년이 지났다.

그나마 주연도 아니고 조연급이다.

그런데 매니저가 바뀐 횟수가 벌써 여덟 번이다.

즉, 1년에 네 번 이상 바뀌었다는 의미이니, 한 사람당 평균 3개월의 시간을 보냈다는 뜻이다.

"그나마 평균이라는 거죠. 최근 1년만 놓고 보면 2개월도 못 버틴 사람이 두 명이나 됩니다."

일반적으로 매니저들은 어느 정도 더러운 면을 각오하고 시작한다.

그런데 그런 사람들조차도 버티지 못하고 그만두었다?

심지어 바뀐 여덟 명 중에 두 명은 다른 연예인을 담당해 본 적이 있는 이들이다.

"그런 사람이 그만둘 정도면 어마어마하게 갑질을 해 댄다는 거죠. 더군다나 최근에 그런 사람들이 몰렸다는 것은, 그녀가 소위 말하는 스타병에 걸렸다는 거고."

노형진은 실실 웃으며 사장에게 말했다.

"제가 그만둔 매니저들과 만나서 기자회견 하고 그거 한번 까 볼까요?"

똥 씹은 표정이 되는 사장.

그러면 자신만 불리해지기 때문이다.

노형진은 그런 그를 보면서 미소를 지었다.

채찍이 있으면 당근도 있는 법.

"저는 진영아의 성격에 대해서는 잘 모릅니다."

'그게 지금 할 말이냐!'

사장은 욕이 나왔지만 어쩌겠는가, 이미 약점은 잡혔는데.

"하지만 그녀가 어떤 사람인지 까는 게 사건을 이끌어 가는 방법이라는 것은 알고 있지요."

"그래서요?"

"그걸 당신들이 말해 주면 조용히 처리할 수 있습니다. 당신들은 전혀 모르는 사건으로 덮을 수 있겠지요. 하지만 다른 매니저들 입에서 그 말이 나오면 당신들이 연관이 안 될 수가 없으니, 당신들의 연예인 관리 능력에 의심이 갈 수밖

에 없죠. 연예인만큼이나 이 바닥에서 엔터의 평판도 중요한
거 아시죠?"

노형진은 웃으면서 말했지만 사장은 그 말뜻이 뭔지 알 수
있었다.

관리 능력이 떨어지는 연예 기획사로 오려고 하는 사람은
없다.

안 그래도 자신의 회사는 주연급을 가지고 있지 못해서 파
워 게임에서도 밀리는 판국이다.

그런데 그런 소문까지 나면 불리한 건 자신이다.

"끄응…….."

"어떻게 하시겠습니까?"

"잠시만요."

그는 옆에 있던 인터폰을 꾸욱 누르고는 짜증스럽게 말했다.

"야, 김 실장 들어오라고 해!"

"김 실장?"

"가장 최근에 그 애를 관리한 애입니다. 실장급 이하는 수
준 안 맞아서 부끄럽다고……."

한 가지 일화일 뿐이지만 진영아의 성격이 드러나는 부분
이었다.

'스타병 쩌네.'

노형진이 그렇게 생각하는 사이에 김 실장이 안으로 들어
왔고, 사장은 그에게 다가가서 몇 마디 하더니 노형진을 돌

아보았다.

"저는 지금부터 외근 나갑니다. 아니, 외근 중인 겁니다, 김 실장과 함께."

"아아아, 무슨 뜻인지 알겠습니다."

노형진은 고개를 끄덕거렸고, 사장이 나가자 맞은편에 김 실장이 침을 꿀꺽 삼키며 앉았다.

"저를 부르셨다고 들었습니다."

"네, 사실은 진영아 씨에 대한 조사를 하는 중입니다."

노형진은 그에게 좀 전에 사장에게 했던 말을 다시 했다.

물론 위협은 빼고 사건 전반에 대해서만.

"그래서 저희는 그녀에게 헤어질 생각이 있었다고 봅니다. 문제는 이유죠. 사실 수진오 씨는 진영아 씨에게는 1등 신랑감이죠. 나이가 좀 많기는 하지만. 그런 신랑감을 함정에 빠트렸는데, 사실 그럴 만한 이유가 없거든요. 한 가지 이유만 빼고."

잠깐 말을 멈춘 노형진은 김 실장에게 진지하게 물었다.

"진영아, 남자 생겼습니까?"

"……."

"말씀해 주셔야 합니다. 어차피 그만둔 매니저들 입에서 나올 말입니다. 사장님에게 들으셨는지 모르지만요."

"하아……."

머리를 북북 긁은 김 실장은 고개를 끄덕거렸다.

"그게…… 사실 있기는 합니다."

"역시나 그렇군요. 누굽니까?"

그게 누군지 안다면, 그래서 그가 등장한다면 사건은 뒤집어질 수 있다.

누명을 씌울 수 있는 가장 큰 이유가 되기 때문이다.

"이거 진짜 저한테 들었다고 하시면 안 됩니다."

"누군데요?"

"한구상 감독입니다."

"네? 한구상? 잠깐만요, 그 한구상이 제가 아는 한구상 맞습니까?"

노형진은 영화 쪽에 투자를 했기 때문에 한구상이라는 이름을 안다.

그에게도 투자를 하기는 했다.

"〈늑대 일기〉의 한구상요?"

"네, 맞습니다."

"허."

〈늑대 일기〉.

범죄자들의 고독함을 다룬 영화인데, 손익분기점 160만, 관람객 830만을 달성한 초대박 영화다.

애석하게도 천만의 타이틀을 얻지는 못했지만 그래도 한구상이라는 이름을 한국에 알린 작품이었다.

'이름만 알렸지.'

한구상은 그 영화로 유명 감독의 반열에 올라갔다.

하지만 그 이후에 제대로 된 게 없었다.

그럴 수밖에 없는 게, 〈늑대 일기〉는 애초에 시나리오를 다른 사람이 쓴 데다 한구상에게는 입봉작이었기 때문에 외부의 개입이 많은 작품이었다.

'문제는 그거야. 성공이 독이 된 거지.'

한구상의 연출력은 나쁘지 않다.

사실 연출력만 보면 상위권이다.

그런데 그 이후에 그는 시나리오를 직접 쓰겠다고 고집을 부렸다.

연출력이 아무리 좋아도, 시나리오가 개판인데 영화가 성공할 리 없다.

거기에다 성공한 감독이라는 타이틀 때문에 잘 모르는 사람들이 터치를 하지 않아서 그에게는 브레이크가 없었다.

그래서 〈늑대 일기〉 이후 연달아 네 개를 손익분기점 30% 이하로 거하게 말아먹으며 한구상은 잊혀 갔다.

'나도 〈늑대 일기〉에만 투자했으니까.'

그는 그게 끝이었다.

그게 그의 한계였고.

그런데 한구상이라니?

더군다나 한구상은…….

"엄청나게 나이도 많잖아요! 바람을, 비슷한 사람도 아닌

초연상이랑 피워요? 그런 취향이었습니까?"

"네."

"미치겠네."

노형진은 머리를 긁적거렸다.

심지어 한구상은 진영아보다 스물세 살이나 많다.

'난 젊은 남자랑 바람난 줄 알았는데.'

그런데 한구상이라고?

"끄응…… 그래서요? 그게 끝입니까? 어디까지 갔습니까?"

"뭐, 제가 알 정도면…… 아시지 않습니까?"

"하긴, 그러네요."

물론 연애가 비밀은 아니다.

하지만 그건 어디까지나 자리가 잡힌 연예인 기준이다.

이제 막 뜨고 있는 조연급은, 연애라는 말이 치명적인 몰락의 이유가 된다.

그런데도 만났다.

더군다나 매니저가 알 정도면, 침대에서 같이 구를 만큼 굴렀다는 의미다.

'회사 입장에서는 이제 성장하기 시작하는 사람과 손절 할 수는 없겠지.'

거기에다 아무리 진원진이 도와주지 않는다고 해도 그라는 존재 자체가 압박이 되니 강하게 뭐라고 할 수도 없었을 테고.

"그거참."

생각지도 못한 사람이 튀어나오자 노형진은 한숨이 절로 나왔다.

"그거 말고는요?"

"저도 거기까지만 압니다."

하긴, 아무리 매니저라고 해도 침실에까지 대동하지는 않을 테니까.

"한구상이란 말이지요."

노형진은 턱을 문지르면서 사건을 머릿속에 그리기 시작했다.

⚖️

"역시나라고 해야 하나? 한구상이 지금 신작을 준비하고 있다고 하더군."

김성식은 노형진이 알아낸 한구상에 대해 간단하게 수소문을 했다.

그리고 얼마 지나지 않아서 새로운 소식을 알아냈다.

바로, 한구상이 신작을 준비하고 있다는 것.

"아마 투자자는 큐엠이겠지요?"

"그렇겠지."

"대충 상황이 그려지는군요."

진원진과 한구상 그리고 진영아가 한패다.

진원진은 전 재산을 날린 상황이고, 진영아는 수진오와 헤어지면 개털이 된다.

당장 수진오와의 약혼이 사방에 널리 알려져 있는 상황.

이 상황에서 진영아가 수진오와 파혼하고 한구상과 만나면?

"끝장이죠."

큐엠미디어와 관련이 있는 회사든 없는 회사든, 그녀를 쓰기 부담스러울 수밖에 없다.

설사 수진오가 그녀를 좋게 보내 준다고 해도 말이다.

"한구상은 이미 실체가 알려졌으니까 이 상태에서 재기는 물 건너갔고……."

연달아 네 개를 손익분기점 이하로 거하게 말아먹었으니 영화 투자사에서 그에게 투자할 가능성은 제로라고 봐도 무방하다.

"아마도 진원진이 주범일 가능성이 높습니다."

진원진이 돈을 쥐고 있는 사람이니까.

"진원진이 나머지를 포섭했다?"

"네. 큐엠의 돈에 접근할 수 있는 사람은 진원진뿐이니까요."

아마도 진영아에게는, 수진오에게 죄를 뒤집어씌워서 감옥에 보내자는 식으로 설득했을 것이다.

유명한 사람이니 합의금을 받더라도 어마어마하게 받을 수 있다고 말이다.

"거기에다 수진오가 폭행범이라면 진영아가 완벽한 피해자가 되니까요."

그러니 진영아가 활동을 계속하기에도 부담이 덜하다.

"한구상의 경우는 진영아와 내연 관계이니 도움을 요청했을 테고. 하지만 어떻게 진영아를 죽이라고 한 거지?"

"뻔하죠. 영화 제작 투자 조건일 겁니다. 한구상이 갑자기 영화 제작 준비를 한다고 하는 게 그 증거죠."

큐엠미디어는 드라마 제작사다.

하지만 드라마만 제작하라는 법은 없다.

그곳에서 영화를 지원해도 상관은 없다.

"한구상에게는 유일한 기회라고 볼 수 있겠군."

"네, 그럴 겁니다. 거기다 큐엠은 시나리오가 좋기로 소문이 난 곳이니까."

일이 이쯤 되면 한구상도 자신에게 시나리오를 쓰는 능력이 없다는 걸 인정할 수밖에 없을 것이다.

그러니 시나리오가 좋은 큐엠과 손잡으면 재기할 수 있을지도 모른다.

"하지만 여전히 이해가 안 가는 게 있네. 진원진이 어째서 친동생을 죽이라고 했단 말인가?"

"그래야 하니까요."

진영아가 살아 있다면 받아 낼 수 있는 돈은 한계가 있다.

기껏해야 2억 정도.

그걸 진영아와 나누면 진원진에게 떨어지는 돈은 1억 정도밖에 되지 않을 것이다.

"그 정도면 원금은커녕, 이자 내고 나면 남는 게 없는 돈입니다. 결국 남은 선택은 하나뿐이죠."

그에 반해 수진오가 감옥에 가게 된다면 진원진이 전권을 휘두를 수 있게 된다.

그 말은 진원진이 큐엠의 돈을 마음대로 쓸 수 있게 된다는 의미다.

"적당히 빼돌려서 빚을 갚는 것도 가능하다는 의미이기도 합니다."

드라마 제작에 들어가는 돈은 터무니없이 많다.

그런데 큐엠은 그걸 여러모로 고쳤다.

"시스템을 조금만 고쳐도, 아니 과거로 회귀해도 뒤에 남는 돈은 어마어마할 겁니다."

그러기 위해서는 수진오라는 존재 자체가 사라져야 한다.

그가 이 모든 시스템을 만들었으니까.

"끄응…… 하긴, 동업자를 살해하는 건 흔하게 있는 일이지."

김성식은 고개를 끄덕거렸다.

대충 상황은 알 수 있었다.

"가해자의 일부가 피해자인 척 들어가는 건 고전적인 방법입니다. 다만 이번 건은 그 과정에서 실제로 피해자가 되어 버린 거고요. 배신에 배신을 당한 거죠. 미국의 유명한 은행

강도 사건처럼요."

실제로 미국 은행에서 그런 사건이 있었다.

은행에 강도가 들었는데, 도주하다가 결국 잡혔다.

그런데 그가 잡힌 후에 새로운 사실이 드러났는데, 폭탄 조끼를 두르고 은행을 털도록 협박당했다는 것이었다.

경찰은 그를 구하려고 했지만 결국 실패하고 사망하고 만다.

미국이 그 사건으로 떠들썩했는데, 그 사건의 조사 결과는 터무니가 없었다.

'피해자가 되면 잡혀도 처벌을 받지 않는다는 점을 이용한 거지.'

은행을 털었던 피해자는 그 점을 노렸던 것.

도주에 성공하면 그 돈은 자기 돈이 되고, 실패하면 자신은 피해자로서 풀려난다는 계획이었다.

"아! 나도 기억나네. 결국 주범은 못 잡았지?"

"네, 애석하게도요."

그런데 그가 몰랐던 것이 있었다.

그 폭탄을 달아 준 자들이 그에게는 가짜 폭탄이라 이야기했지만, 실제로는 진짜였다는 것.

잡힌 후 자신들의 이야기를 발설할까 두려웠던 주범이, 그가 잡히자 폭탄을 터트려 버린 것이다.

"그래서 그 주범은 못 잡았죠."

결국 은행 강도 자체는 실패했지만 그 강도는 배신을 당해서 죽은 것이다.

"그런 식으로 서로 배신에 배신을 한 거군."

"네."

대충 사건의 구조는 나왔다.

하지만 그렇다고 해서 모든 게 끝난 것은 아니다.

"문제는 우리에게 증거가 없다는 것 아닌가?"

배신에 배신을 했다는 것까지는 대충 감이 잡혔지만, 결국
이 모든 것은 다 정황상의 그림일 뿐이다.

증거가 없다면 수진오에게 씌워진 누명을 벗길 수 있는 방
법은 없다.

"그들이 증거를 남겼을 것 같지는 않은데."

누군가 녹음했다고 해도 그걸 제출할 리도 없고, 이런 걸
서류상에 남길 수도 없다.

그렇다고 취조를 하자니, 진원진이 나와서 유가족을 범인
취급한다고 기자회견 한마디만 하면 경찰은 가루가 되도록
까일 테고, 증거가 없는 경찰은 사과한 후에 부랴부랴 수진
오를 넘길 게 뻔하다.

"배신에 배신이라……."

노형신은 턱을 문지르다가 조용히 이야기했다.

"배신을 하는 자들의 특징이 뭔지 아십니까?"

"배신을 하는 자들의 특징? 글쎄, 신의가 없다는 거?"

"비슷합니다. 그는 배신 대상을 믿지 않지요."

서로 배신을 해 대는 조직에서는 더더욱 그렇다.

"무슨 생각인가?"

"만일 먼저 배신하려고 했던 사람이 있다면 어떨까요?"

"먼저 배신? 누가 말인가?"

"누구겠습니까? 진영아지."

노형진은 씩 웃으며 말했다.

"그들도 알 겁니다, 진영아가 어떤 인간인지. 남매인 진원진이 모를 리 없죠."

벌써부터 스타병에 걸려서 갑질을 하는 진영아다.

그런 그녀를 좋게 볼 사람은 없다.

즉, 진영아는 그다지 성격이 좋은 사람은 아니었다는 거다.

"만일 진영아가 먼저 배신을 준비하고 있었다면 어떨까요?"

노형진의 말에, 김성식은 확실히 가능성이 있다고 생각했다.

진원진이 배신을 했다면, 진영아도 배신하지 말라는 법은 없다.

"하지만 우리의 가장 큰 문제는 증거가 없다는 거 아닌가?"

"증거야 만들면 그만 아니겠습니까?"

"증거 조작을 하자는 말인가?"

"그게 아닙니다. 조작한 증거를 법정에서 쓴다면 크게 문제가 되죠. 하지만 범죄의 가능성이 높은 사람을 낚는 데 쓰는 건 문제가 안 되죠. 우리는 검사 측과 선이 있으니까요."

"아! 무슨 뜻인지 알겠네."

수사를 위해 함정수사를 하는 것은 불법이다.

하지만 검찰에서 증거가 있다고 압박하는 것은 합법이다.

"우리가 그걸 내놓으면 문제가 되겠지만요."

전에도 비슷한 사건이 있었다.

그때도 노형진은 경찰을 끼고 함정을 파서 상대방이 먼저 접근하도록 만들었다.

"하지만 그때는 증거가 있었지만 이번에는 없지 않나?"

"녹음 내역은 있지요."

"녹음 내역? 설마 진영아의 핸드폰이라도 손에 넣은 건가?"

노형진은 고개를 흔들었다.

"진영아의 목소리는 아주 잘 알고 있지요, 후후후."

⚖

21세기에는 여러 가지가 발달했다.

그리고 그중 하나는 바로 목소리의 조합 기술이었다.

―조만간 원진이가 진오한테 작업 걸 거야. 작전도 준비 끝났고, 증거도 확보해 놨어.

―그런데, 그래서 돈을 얼마나 받겠다고 그러는 거야?

―돈이 문제가 아니지. 그 녀석이 진오의 지분을 요구할 거야. 내가 왜 연예인을 하는데? 돈 때문에 하는 거잖아. 그 새끼가 도와줬으면 벌써 주연급은 됐을 거야. 그런데 그놈이 쌩 깠잖아. 그래 놓고 다급하

니까 나한테 손을 내밀었고. 이런데도 내가 당하고만 있어야 해?

－그러면 어쩌려고?

－이미 증거는 다 확보해 놨다고 했잖아. 내가 가지고 있으면 의심할 테니까 너한테 퀵으로 보냈어. 만일 그 새끼가 나중에 통수 까면 그걸 핑계 삼아서 나도 챙겨야지. 그러니까 너도 입 다물고 있다가 떡이나 먹으라고. 일 터지면 우리가 쥐고 흔들어서 집어삼키면 돼. 그 새끼들이 돈 때문에 배신 까는데 우리라고 하지 말라는 법은 없잖아? 거기에다 그 새끼가 번 돈이 얼만데?

핸드폰에 연결된 이어폰에서는 진영아의 목소리가 흘러나오고 있었다.

수진오는 그 목소리를 들으면서 깜짝 놀랐다.

"어떻게 이게 가능한 거죠? 진영아가 이런 말을 진짜로 했다고요?"

"아니요. 그건 아닙니다."

"하지만 이건 진영아 목소리 맞습니다. 제가 그걸 모를 리 없지 않습니까?"

다른 사람도 아닌 약혼자의 목소리를 수진오가 모를 리 없다.

"역시나 성공한 것 같군요."

"성공이라니요?"

"사실 이건 조작된 증거입니다."

"조작된 증거요?"

"네. 목소리 편집 프로그램을 이용해서 단어를 짜 맞춘 거죠."

"네에?"

수진오는 깜짝 놀랐다.

물론 그런 프로그램이 있다는 소리는 들었다.

하지만 이렇게 깜빡 속을 정도로 자연스러웠는데, 가짜라고?

"단어를 짜 맞춘다는 게 가능합니까?"

"가능합니다."

"하지만 목소리 원본이 있어야 할 텐데요."

"진영아 씨는 연예인이니까요."

조연으로 어느 정도 자리가 잡혀 있던 사람이고, 라디오나 인터뷰 등 그녀의 목소리가 남아 있는 곳은 의외로 많았다.

"아……."

그제야 수진오는 자신이 들은 목소리가 가짜임을 알 것 같았다.

미묘하게 억양이 자연스럽지 못한 부분을 느낄 수 있었던 것이다.

모르고 듣는다면 모르겠지만, 가짜라는 걸 알고 듣는다면 확실히 어색하다고 느낄 정도로 말이다.

"그런데 이걸 왜……?"

"진원진에게 이걸 내걸고 협상을 걸 겁니다."

"협상요? 제 누명을 벗겨 달라고 하겠단 말입니까?"

"그럴 리가요. 그게 가능할 리 없지 않습니까?"

다른 것도 아닌 살인이다.

살인 사건은 피해자 유가족이 선처를 요구한다고 해도 그건 선처의 조건일 뿐, 처벌을 피할 수는 없다.

"이 목소리에는 두 사람이 존재하지요. 무슨 뜻인지 아시겠습니까?"

"아니요. 저는 잘……."

"진영아가 먼저 배신을 준비했다, 그리고 다른 누군가가 그녀와 함께했다는 증거죠."

"그러면 이걸 증거로 제출할 건가요? 하지만 조작된 증거인데……."

"아니요. 이걸 제출하면 문제가 되지요."

노형진은 씩 웃으며 말했다.

"인터넷에 뿌릴 겁니다."

"네?"

"살인보다는 명예훼손이 훨씬 처벌이 약하거든요, 후후후."

⚖

인터넷에서는 갑자기 하나의 파일이 이슈가 되기 시작했다.

짧은 통화 내역이지만 그 안에 담겨 있는 내용은 절대 가볍지 않았기 때문이다.

"도대체 이걸 왜 인터넷에 뿌린 건데?"

오광훈은 이해가 안 된다는 듯 노형진에게 물었다.

"몇 번 말해, 증거로는 못 쓴다고?"

"증거로 못 쓰면 그냥 이런 게 있다고 협박하면 되는 거 아냐?"

"내가 범죄자냐?"

"전에도 썼다면서?"

"그건 그렇지."

"그런데 왜 이번에는 못 쓰는 거야?"

"전하고는 달라."

전에는 증거가 아예 없는 건 아니었다.

더군다나 전에 썼다는 것이 문제다.

"상대방도 그럴 가능성을 감안하고 있다고 봐야 해. 그리고 사건의 수사도 늦춰야 하고."

"수사를 늦춰?"

"그래. 이쪽은 그때와는 다르잖아."

그때는 사건을 빠르게 마무리 지어야 했지만, 지금은 사건을 어떻게 해서든 재판 전에 무죄로 해야 한다.

거기에다가 수진오의 경우는 드라마 제작사를 가지고 있기 때문에, 재판에서 이긴다고 해도 이미지가 망가진 상황이라면 드라마 판매 자체가 불가능해질 것이다.

"이 상황에서 우리는 의뢰인의 이익을 최선으로 생각해야 하지. 그러면 수진오 씨의 이익을 챙기는 가장 좋은 방법은 뭘까?"

"정답. 범인의 모가지를 딴다."

"배는 안 쑤시고?"

"어? 그것도 나쁘지 않네. 공구리 칠까?"

"농담인 거야, 아니면 미친 거야?"

노형진은 실실 웃는 오광훈을 보면서 머리를 절레절레 흔들었다.

물론 범인의 모가지를 딴다는 말이 농담인 것은 아니다.

하지만 그 이면에는 그가 생각을 안 한다는 문제점이 있다는 것도 알고 있다.

대답할 게 없으니까 농담으로 때운 것이다.

"가장 좋은 것은, 사람들에게 이 사건이 조작된 거라는 걸 알리는 거야."

"그런데?"

"지금까지의 언론을 봐 봐. 이거 1년씩 싸워서 무죄판결이 나온다 해도, 그걸 언론에서 크게 다룰 것 같아?"

절대 그럴 리 없다.

물론 그와 동시에 진원진이 체포되는 일이 벌어진다면 모르지만, 사건의 구조를 보면 진원진의 범죄를 증명하는 것은 불가능하다.

"그러면 방법은 하나뿐이지. 이걸 조작된 사건이라고 사람들이 생각하게 하는 거지."

그래서 노형진이 녹음 파일을 뿌린 것이다.

사람들에게 사건이 조작되었다는 느낌을 받게 하기 위해서 말이다.

"그런데 이거 조작된 거라며?"

"조작된 거지. 아마 전문가가 달라붙어서 조사하면 금방 알아낼 거야."

하지만 그런 전문가가 심심해서 이걸 조사하고 있을까?

설사 조사해서 주장한다고 해도, 그게 인터넷에서 힘을 얻을 정도로 퍼지기 위해서는 시간이 필요하다.

"그게 개개인의 문제지."

법원이나 연구소가 아니라 개인이 분석해서 올려 봐야 공신력이 있다고 보기는 힘드니까.

"사람들이 이쪽으로 관심을 가지게 함과 동시에 무고함을 알린다 이거구나."

"그래. 그것도 계획 중 하나야. 확실히 언론을 통해서 뿌리는 것보다 인터넷을 통해서 알려진 사실을 언론이 조사하면 더 빨리 퍼지는 경향이 있거든."

"하나? 또 있어?"

"또 있지."

노형진은 테이블을 탁탁 치면서 스피커를 가리켰다.

"수사 방향이 바뀌었잖아. 만일 의심할 사항도 없이 네가 '진원진을 조사하겠습니다.'라고 하면 위에서 뭐라고 하겠냐?"

상부에서는 아마 볼 것도 없이 미친 새끼라고 하면서 가뿐하게 씹어 버릴 것이다.

하지만 인터넷에 의심스러운 녹음 파일이 돌기 시작했다.

"그리고 녹음 파일이 돈 이상, 검찰 입장에서는 수사를 진행하지 않을 수가 없거든."

"아하!"

당연하게도 수사가 진행되면 진원진의 재정 상태에 대해 이야기가 나올 것이다.

의심은 점점 더 강해질 테고 말이다.

"하지만 그런다고 죄가 증명될까? 의심은 의심일 뿐이잖아."

"그건 그래. 거기에다 조금만 알아보면 조작된 거란 걸 알게 될 테니까. 하지만 그건 목적 중 하나일 뿐이야."

"또 있다고? 넌 그런 게 머릿속에서 줄줄 나오냐?"

"내가 너처럼 생각도 안 하고 사는 줄 아냐?"

노형진은 눈을 찌푸렸지만 오광훈은 개의치 않았다.

다만 지금 상황이 무척이나 궁금한 모양이었다.

"다른 목적이 뭔데?"

"그들의 반응. 녹음 파일이 돌면 진원진은 움직일 수밖에 없어."

"응? 그게 무슨 소리야, 진원진이 움직인다니?"

"진원진이 반응하는 게 진실을 증명하는 가장 빠른 방법이니까. 애초에 진원진은 사건을 조작해서 돈을 벌려고 했어. 그리고 진영아를 배신했지."

"하지만 진영아는 죽었잖아."

"그래. 그래서 그걸 증명할 방법이 없지. 하지만 한 명은 살아남았어."

"누구? 한구상?"

"아니. 그놈은 어차피 진원진과 한배를 탄 상황이야. 배신을 할 수 있는 상황이 아니지, 사람까지 죽였으니. 내가 말하는 건 이 통화한 사람이야."

"그게 누구인데?"

그 순간 사무실에 연결된 스피커가 반짝이면서 빛을 내기 시작했다.

노형진은 잽싸게 전원을 넣었다.

그러자 거기에서 익숙한 목소리가 흘러나왔다.

−왜 이리 흥분하십니까?

"어?"

오광훈은 어리둥절한 표정이 되었다.

스피커에서 들리는 목소리.

그건 녹음된 파일에서 들렸던 목소리이기 때문이다.

"어떻게 된 거야? 그거 조작된 거라며?"

"진영아의 목소리만."

노형진은 그 녹음 파일에서 진영아의 목소리만 조작했다.

나머지 한 명은 정보 팀 직원 한 명을 집어넣어서 녹음한 것이다.

"그리고 이건 녹음 파일의 진실성에 큰 믿음을 주게 되지."

"그게 무슨 소리야?"

"진원진도 그 목소리를 들었을 테니까."

인터넷에서 이슈가 된 녹음 파일의 목소리를 진원진이 듣지 못했을 리 없다.

그리고 그 사건에 대해 경찰이 조사 중이다.

그런데 그 남자가 진원진에게 전화를 했다.

목소리는 확실하다.

"그러면 일반적인 사람들은 어떻게 생각할까?"

"글쎄."

"진짜라고 생각하겠지. 그러면 그 녹음 파일에 공신력이 생길 거고."

조작된 파일이라고 생각하고 있다고 해도, 그 안에 등장했던 실제 인물이 전화를 걸었으니까.

"이제 내가 왜 그걸 뿌린 건지 알겠어?"

노형진은 자신만만하게 웃었다.

그리고 오광훈은 자신 있게 말했다.

"아니, 전혀."

"끄응…… 생각은 해 보고 대답하는 거냐?"

"아니! 전혀!"

"생각 좀 해!"

"어차피 네가 생각하고 대답 다 해 주는데 내가 왜?"

"이런…… 돌대가리……."

노형진은 진짜 한숨이 나왔다.

진짜 차라리 자르는 게 나은 선택이 아닐까 하는 생각이 들 정도.

"간단하게 생각하란 말이야. 의심스러운 목소리를 인터넷에서 들었어. 그리고 그건 조사 중이야. 그런데 그쪽에서 전화가 왔어! 그러면 진원진 기분이 어떻겠어? 당연히 녹음 파일에서 존재한다고 이야기하던 그 다른 증거를 없애고 싶겠지! 그런데 조사 중이잖아! 시간이 없지?"

당연하게도 진원진은 그 인터넷의 녹음본에 대해 검사를 하거나 잔머리를 굴릴 수 있는 시간이 부족할 것이다.

그리고 시간의 부족은 사람에게 실수를 하게 강요한다.

"아아아, 그런 목적이었나?"

"내가 인터넷에 뿌린 파일에 진원진의 목소리는 없어. 정작 당사자는 없는 셈이지. 진원진이 한 행동이랑 똑같아. 진영아와 이야기했다고 하지만 정작 때렸다는 증거는 없는 그런 이야기지."

그런데 저쪽에서 먼저 배신을 준비하고 증거를 확보해 놨다. 그리고 그걸로 자신을 협박해서 돈을 뜯어내려고 했다.

"그런데 그런 상황에서 갑자기 진영아가 죽으면, 살인의 의심이 어디로 향하겠어?"

당연하게도 진원진에게 향할 수밖에 없다.

이것이 법이다

"그러니까 조용히 들어 봐."

노형진은 오광훈에게 말을 하고는 스피커에 집중했다.

그사이에도 직원은 진원진에게 압박을 가하고 있었다.

─다른 증거까지 뿌릴 생각은 없습니다. 사실 그년이 죽었어도 뭐. 제가 아쉬운 건 없어요. 그년 몸뚱이가 아쉽기는 하지만.

─뭔 개소리야?

─간단하게 합시다. 30억. 내가 원래 그년한테 20억 받기로 했는데. 그년이 죽었으니 그년이 가져가야 할 것도 내가 가지고 오는 게 맞다 싶어서 말이지. 30억만 주면 관련 증거는 다 넘겨줄게.

─헛소리하지 마.

─헛소리 같아? 인터넷에 도는 거 못 들어 보셨나 보네. 당신이 그렇게 나올 줄 알고 뿌렸지. 다른 것도 뿌려 볼까?

─너…… 너…….

─간단한 게임 아니야? 30억만 주면 큐엠은 당신 거라고. 30억이야. 내가 이거 들고 경찰서로 가기를 바라? 만일 그러면 수진오인가 하는 그 녀석이 당신 쫓아내고 큐엠을 집어삼키겠지. 살인 누명까지 뒤집어쓴 사람은 그쪽이야. 아마 그것 벗고 큐엠까지 삼킬 수 있게 해 준다고 하면 30억은 그냥 나올 거라 생각하는데?

남자의 말이 계속되었지만 진원진은 아무런 말도 하지 못했다.

─아, 신고하고 싶으면 해 봐. 내가 왜 내 목소리를 까면서 전화하는지 몰라? 후후후.

노형진은 침묵을 지키는 진원진을 보면서 머릿속으로 많은 생각을 했다.

'어떤 선택을 할 것이냐, 진원진.'

만일 진원진이 진짜로 억울한 유가족이라면 무조건 신고할 것이다.

재산을 노릴 필요도 없으니까.

없는 증거를 만들 수는 없으니까.

하지만 억울한 게 아니라면…….

-20억. 그 이상은 못 줘.

"빙고."

진원진의 말에 노형진은 미소를 지었다.

진원진이 억울한 사람이 아니라면, 그의 선택은 사건을 무마하는 것밖에 없다.

-당신이 번 돈이 얼만데. 어디서 장난질이야?

직원은 그의 협상을 단호하게 거절했다.

그걸 보고 오광훈은 기겁했다.

"망했다며? 그런데 왜 저런 식으로 말해? 저러다가 알아채면 어쩌려고?"

"오? 너도 생각이라는 걸 하긴 하는구나."

노형진은 히죽 웃었다.

"장족의 발전이네."

"그래. 인간은 발전해야지. 나도 인간이고."

"아니다. 퇴보인가 보다. 이제야 인간인 걸 알았나 보네."

"그런데, 저래도 되는 거야?"

"되는 거야. 아니, 그래야 해."

진원진은 망했다.

하지만 여기서 의문점이 생긴다.

진원진이 망했다는 것을 진영아가 알았을까?

노형진은 아닐 거라고 생각했다.

"서로 배신을 할 정도로 정이 없는 사이였어. 그런데 그들이 과연 그런 사정을 자세하게 말했을까?"

말이 좋아서 진원진이 도와주지 않은 거지, 사실 도와주지 못했다고 하는 쪽이 맞다.

"당장 진원진은 퇴출 위기야. 자기도 죽을 판에 남을 어떻게 도와줘? 하지만 진영아는 그런 걸 알았을까? 내가 들은 바에 따르면 아닌데."

진영아와 진원진은 사이가 좋지 않았다.

만일 남매로서 최소한의 애정이라도 있었다면 죽인다는 생각은 못 했을 테니까.

"당연히 진영아는 그가 망했을 거라 생각하지 않았을 거야. 그래서 같이 사기를 친 거고."

진영아 입장에서는 조용히 입 닫치고 있다가 결혼을 하고 한구상과는 내연의 관계로 남으면 여러모로 남는 장사다.

"그런데 어째서인지 그녀는 진원진에게 넘어갔어. 상식적으로 진원진이 망했다는 걸 알았다면 절대 하지 않았을 선택이지."

그 부분을 감안하면, 진원진은 자신이 망할 걸 비밀로 감추기로 한 것이라고 볼 수 있다.

"그래도 결혼하는 게 훨씬 낫지 않아?"

"어찌 되었건 회사의 이인자잖아. 아직은 말이지. 그러니 적당히 진영아를 속여서, 수진오만 감옥에 넣으면 자기가 회사를 집어삼킬 수 있을 거라고 설득했을 가능성이 높아."

실제로도 그런 경우는 많다.

물론 일인자가 감옥에 간다고 해서 거기서 주주권을 행사하지 말라는 법은 없다.

실제로 감옥에 간 대기업의 회장님들은 교도소의 묵인하에 그 안에서 편하게 업무를 본다.

"하지만 다른 주주들이 그를 내친다면 이야기는 달라지지."

수진오가 아무리 대표라고 하지만, 그렇다고 해서 모든 것을 마음대로 할 수 있는 것은 아니다.

"더군다나 드라마 제작이라는 것은 투자를 받아야 하는 거야. 아무리 큐엠이라고 할지라도 결국은 외부로부터 돈을 받아야 하는 거지. 무슨 뜻인지 알겠지?"

"전혀!"

"제발 그걸 자랑스럽게 말하지 마라, 좀."

고개를 절레절레 흔드는 노형진.

하나부터 열까지 전부 다 설명해 주려니 속이 터지는 느낌이었다.

"외부에 드러나는 이미지는 상당히 중요해. 특히나 이런 건, 전 경영인이 강력 범죄에 연루되면 회사에 영향을 많이 주지."

"그래서?"

"그러면 주주들이 그를 자를까, 안 자를까?"

"아하!"

우호 지분으로 완전히 자리를 잡아 뒀다면 모를까, 큐엠은 그런 회사가 아니다.

"그리고 진원진이 회사에 합류한 이유를 알아봐야 해. 그는 투자 대비 더 많은 지분을 받은 걸로 되어 있어. 왜 그럴까?"

"왜 그러냐면, 대답은 네가 한다."

"망할 놈의 주입식 교육."

노형진은 툴툴거리며 말했다.

"우리 고연미 변호사랑 마찬가지야."

"얼굴마담이구나."

"그래. 그렇게 표현해도 무방하지."

최고 등급의 연예인들이 가끔 기획사의 이사가 되기도 한다.

그들이 진짜로 그 기획사에 투자해서 이사로 등재되는 것일까?

아니다.

우리 회사가 잘나간다는 얼굴마담임과 동시에, 그들이 다른 곳으로 가지 못하게 잡아 두기 위한 미끼이다.

"큐엠이 생기던 시절에 진원진은 나름 잘나갔어. 그러니 투자를 받기 쉬웠지."

그런 면을 생각하면 외부에서 사람들을 만나고 다니는 업무는 진원진이 했을 가능성이 높다.

지금까지 들은 사업의 스타일을 봐도, 수진오는 내부에서 작가들과 스태프를 관리하는 데 치중했고.

"그런 경우 차기 대표로 밀어줄 수 있는 사람은 진원진이지."

"대충 알겠어."

오광훈이 고개를 끄덕거리는 사이, 스피커에서 들리던 대화는 끝을 향해 달려가고 있었다.

─그래서, 돈은 어떻게 줄 거지? 개인적으로 현금으로 받고 싶은데.

만일 현금으로 주고받는다면 현장에서 검거하면 된다.

하지만 애석하게도 진원진은 그런 타입이 아니었다.

─그러도록 하지. 하지만 그 원본 파일은 받고 싶은데.

─물론.

─복제하지 않겠다는 약속도.

─그래야지. 그러면 장소를 정하고 연락을 주지, 후후후.

직원은 전화를 끊었고 스피커에서도 목소리가 끊어졌다.

"이제 현장에서 잡으면 되는 건가?"

"그러면 좋지. 하지만 그때까지 안 갈걸."

"뭐? 그게 무슨 소리야?"

"기다려 봐. 어느 쪽이든 금방 끝날 테니까."

노형진은 미소를 지으며 말했다.

⚖

얼마 후 노형진은 오광훈을 데리고 지방으로 향했다.

약간 허름한 곳이었는데, 그곳에 도착했을 때 보인 것은 좀 떨어진 곳에 있는 집과 그곳을 감시하는 감시 시스템이었다.

"여기는 어디지?"

"그 통화한 직원의 공식적인 주소지."

"왔는가?"

근처에 있는 집으로 들어가자, 기다리고 있던 김성식이 손을 들어서 두 사람을 환영했다.

"아…… 예……. 그런데 이게 다 뭡니까?"

사방에 설치된 카메라에서 들어오는 영상들.

거기에서 보이는 작고 허름한 집은 사각 없이 완전히 시야에 들어오는 구조였다.

"증거를 모으려고."

"증거?"

"그래. 공식적으로 우리가 조작한 증거는 쓸 수가 없지."

녹음 기록 역시 마찬가지다.

명백하게 타인이 녹음한 것인 데다 함정을 판 것인지라 법정에서 쓸 수는 없다.

"하지만 다른 증거라면 이야기가 달라지지."

"다른 증거라 한다면?"

"통화했던 거 기억하지?"

"기억하지."

"그 핸드폰의 주소지는 이곳이야."

　공식적으로 직원은 이곳에 사는 것으로 되어 있고, 실제로도 이곳에서 숙식을 해결하고 있었다.

　물론 진짜로 여기 사는 것이 아니기 때문에 말 그대로 잠깐 생활을 유지할 정도의 물품만 집 안에 있지만 말이다.

"이번 일을 위해 잠깐 빌린 집이지."

"설마 죽이려 들 거라고 생각하는 거야?"

"진원진에게 20억이 있을 리 없잖아."

　진원진에게 그 정도의 돈이 있다면 살인까지 불사할 리 없다.

　아무리 사이가 안 좋다고 해도, 자신의 동생을 죽이면서까지 말이다.

"20억을 주기로 했지만 그 돈이 없지. 아직 사건이 확정된 것이 아니기 때문에 수진오가 잘린 것도 아니고."

　당연히 큐엠에서도 돈을 빼낼 수 없다.

　설사 그가 대표가 된다고 해도, 시작하자마자 20억이라는 돈을 빼돌리면 더 볼 것도 없이 주주들이 그를 자를 것이다.

"결과적으로 말해서 그에게는 돈을 줄 방법이 없어."

전에는 돈을 주는 시점에 경찰이 끼어들었다.

하지만 지금은 애초에 돈을 줄 수조차 없는 상황.

"돈을 구하려는 노력도 하지 않더군."

김성식도 안다는 듯 고개를 끄덕거렸다.

돈을 줄 시기가 다가오는데도 돈을 구하려는 노력은 전혀 하지 않는다는 것.

그건 답이 나와 있다는 소리다.

"죽인다?"

"그래. 한 번이 어렵지 두 번은 쉽거든."

노형진은 함정을 이중으로 팠다.

진짜로 그가 돈을 주는 경우, 회사에서 빼돌려서 주든 다른 곳에서 구해서 주든 모두 그의 약점이 된다.

"하지만 최대 약점은 돈을 안 주는 거지."

빼돌리는 거라면 그냥 공금횡령이 되고, 다른 곳에서 돈을 구해서 주면 사기나 탈세가 될 가능성이 높다.

"그러나 죽이는 건 명백하게 살인미수지."

가장 강력하게 처벌하는 것은 다름 아닌 살인미수.

"그리고 이곳은 그걸 준비하기 위한 공간이고."

최대한 기회를 주면 그는 헛된 마음을 먹을 수밖에 없다.

그리고 그 순간 그를 잡아들이는 것이다.

"하지만 그가 그렇게 움직일까?"

"욕심이 날 수밖에 없게 만들어 놨다네."

"네? 그게 무슨……? 어, 저 사람은?"

오광훈은 화면에 나오는 사람을 보고 어리둥절했다.

심하게 뒤틀린 발. 그리고 양쪽에 끼워져 있는 목발.

그는 절뚝거리면서 바깥으로 나가서 라면과 소주를 사 가지고 들어오고 있었다.

"장애인? 설마 장애인을 미끼로 쓰는 거야?"

"그럴 리가. 진짜 장애인이 아니야. 발도 그냥 자기가 비틀어 둔 상태고. 봐 봐, 바지가 헐렁하지?"

"아아아."

딱 붙는 바지라면 발의 관절을 뒤튼 것이 보이겠지만, 헐렁한 바지는 그런 게 보이지 않는다.

그래서 그의 오른발은 오른쪽으로 90도가량 돌아가 있었고 발의 길이도 비정상적이었다.

"진짜 장애인이 아니야. 장애인인 척하는 거지."

그렇게 하면 대상에게는 쉬운 먹잇감으로 보일 수밖에 없다.

"거기에다 몇 가지 조건을 달았지."

첫째, 이곳으로 이사 온 지 얼마 안 되었다는 소문을 낸다.

실제로 그건 어려운 일이 아니었다. 원래 이곳은 빈집이었으니까.

둘째, 장애인이라서 일을 못한다, 그래서 매일같이 저녁에 라면 한 봉지에 소주 두 병을 구매해 집에서 먹고 잔다는 소문이 퍼지게 만들었다.

"매일 저녁?"

"그래. 상대방이 저항을 할 수 없는 약자에, 밤에는 술을 먹고 곯아떨어지는 타입이야. 허름한 옛날 집이라서 습격도 쉽지. 담도 낮고."

즉, 진원진에게 살인의 기회를 최대한 준 것이다.

"그러면 그가 어떤 선택을 할지 어렵지 않게 예상할 수 있지."

"애초에 그런 전화를 한 게 그럼……?"

"대포폰도 아니고, 직원의 실명으로 새로 만든 폰이야."

당연히 주소지는 이곳이다.

그들이 사람을 사서 추적한다면 이곳이 나올 수밖에 없다.

"이 정도면 충분히 함정에 빠질 만하지? 후후후."

"사악한 놈이군."

"이건 함정이기는 하지만 합법이지."

증거를 조작한 게 아니라 살인의 의사가 있는 사람들에게 가짜 기회를 제공하는 것뿐이니 명백하게 합법적 함정이다.

"거기에다 여기에는 네가 있잖아."

"목적이 그거였냐?"

검사가 범인을 잡기 위해 함정을 파는 경우는 많다.

당연히 여기서 그 과정을 모조리 녹화해서 증거로 제출하면, 아무리 진원진이라고 해도 그 증거를 부정하지는 못한다.

"사건을 최대한 빨리 해결하기 위한 것도 있지만, 수진오 씨의 누명도 벗겨야 하니까."

만일 공금횡령이나 사기로 잡혀 들어간다면 그건 전혀 다른 범죄가 된다.

거기에다 그게 수진오의 사건과 관련이 있다는 것을 증명하는 것도 전혀 다른 문제다.

단순히 자신들은 돈을 빼돌린 것이지 사건을 조작한 게 아니라고 한다면 입증에만 한세월이 걸린다.

"더군다나 국민들의 여론을 뒤집기에는 큰 거 한 방이 더 좋지."

사기나 공금횡령보다는 살인미수가 언론을 타기도 좋고, 국민들에게 각인시키는 데에도 훨씬 유리하다.

"전에도 살인미수로 잡지 않았나, 그런데?"

김성식은 과거의 비슷한 사건을 생각하고 고개를 갸웃했다.

"그때와는 좀 다르죠."

그때는 살인미수를 예상한 게 아니라 돈을 주는 순간에 잡기 위해 경찰을 준비했는데, 그들이 현장에서 그걸 모르고 살인을 시도한 것이다.

"하지만 이번에는 아주 대놓고 유도한 거죠. 그래야 큐엠에 유리하니까요. 대표가 살인범이라는 타이틀을 가지고 있으면 회사에 좋겠습니까?"

"너 진짜 무섭구나."

오광훈은 왠지 노형진이 무섭다는 생각이 들었다.

"칼 들고 덤비는 새끼들 보면서도 무섭다고 생각한 적은 한 번도 없는데."

"원래 그런 놈들은 막기 쉽거든."

보이니까.

눈앞에서 달려드니까, 마주 달려들어 때려눕히면 그만이다.

"하지만 이런 건 안 보이잖아."

뒤에서 조용히 함정을 판 것이니 그걸 알지 못하면 상대는 빠질 수밖에 없다.

그걸 막는 건 쉬운 일이 아니다.

"오래 걸렸지만, 이 순간이 드러나면 모든 게 한 번에 뒤집어지는 거지."

그 순간, 좀 떨어진 곳, 직원이 절뚝거리면서 라면과 소주를 들고 오는 그 뒤에 한 남자가 슬쩍 모습을 비쳤다.

"오, 마침 주연이 등장하는군."

물론 모습을 숨기기 위해 노력하기는 했지만, 드러나지 않게 감춰 놓은 카메라까지 피하는 것은 불가능했다.

"한구상?"

남자를 알아본 오광훈이 의아하게 중얼거렸다.

"어떻게 저 녀석이……?"

"진짜 살인을 실행한 것은 진원진이 아니니까."

진영아를 죽인 것은 한구상으로 추정된다.

그리고 진원진이 함정과 알리바이를 준비했고 말이다.

"진원진은 이미 의심스러운 범위 안에 들어갔어. 그가 움직일 수는 없지."

이미 조직된 녹음 내역이 인터넷에 퍼진 상황이다.

거기에다 직원이 죽은 후에 경찰이 그의 핸드폰 통화 내역을 조사하면 진원진과의 통화 내역이 나올 것이다.

경찰은 녹음 내역의 남자가 직원인 것을 어렵지 않게 증명할 테니, 자연스럽게 혐의는 진원진에게 향한다.

"하지만 우리가 인터넷에 뿌린 녹음 내역에 한구상은 없었지. 즉, 그는 수사 대상이 아니라는 거야. 진영아 사건과 마찬가지로 말이지."

"설마?"

"맞아. 그러라고 고의로 뺀 거야."

직접 움직일 수는 없다.

진원진은 어떻게 해서든 혐의 라인에서 벗어나야 한다.

그러면 움직일 수 있는 사람은 누굴까?

"한 명뿐이지."

이 상황에서 드러나지 않은 사람은 한구상뿐이니 그가 움직이는 것 말고는 방법이 없다.

"노 변호사는 처음부터 여기에 한구상이 올 거라 생각했다는군."

김성식은 탄성을 내질렀다.

하나하나 꼼꼼하게 준비해서, 그들이 도무지 벗어날 길이 없어 보였다.

"당연한 거죠. 그래야 사건이 쉬울 테니까요."

실행 자체는 한구상이 했다.

그러나 계획을 짠 것은 다름 아닌 진원진.

"진원진만 잡으면 한구상의 죄를 증명하기 힘들죠."

진원진은 진영아의 사망 시간에 행사가 있었으니 알리바이가 증명되기 때문에, 진원진이 한구상에 대해 입을 다물어 버리면 그는 풀려날 수밖에 없는 상황이 된다.

즉, 누구도 잡지 못하게 된다.

"하지만 한구상은 다르죠."

그는 따로 알리바이가 존재하지 않으며, 죄를 가볍게 하기 위해서는 진원진에 대해 고발해야 한다.

"애초부터 목표는 진원진이 아니라 한구상이었던 거네."

"정답이야. 그리고 너를 데리고 온 이유가 바로 그거고."

얼마 전부터 한구상이 모습을 드러냈다.

"공식적으로 한구상은 영화 촬영을 위해 촬영 장소를 알아보고 있는 중이야."

그런 경우 전국을 돌아다니면서 현장을 확인하기 마련이다.

"그런데 재미있는 게 뭔지 알아?"

"뭔데?"

"한구상은 여기에 있는데 한구상의 핸드폰은 강원도에 있더라."

"얼씨구?"

"사람을 쓴 거지."

21세기 사람의 동선을 추적하는 가장 효율적인 방법은 다름 아닌 핸드폰과 카드 내역이다. 그런데 노형진이 알아본 바에 따르면, 카드도 핸드폰도 이곳이 아니라 강원도에 있다.

"만에 하나 의심을 받는다 해도 그걸 증거로 내밀겠지."

그런 경우 경찰은 그가 거기에 없었다는 걸 증명해야 한다.

그런데 그게 쉬운 일이 아니다.

카드와 핸드폰을 대신 쓴 사람을 찾아야 하는데, 그런 영상은 일정 시간이 지나면 모조리 처분되기 때문이다.

설사 있다고 해도 얼굴을 감출 방법은 무궁무진하다.

마스크만 쓰고 있어도 얼굴 확인은 불가능하니, 한구상이라 추정하는 수밖에 없다.

계절상 마스크를 쓰는 게 어색한 시기도 아니니 말이다.

"진원진이 그동안만 입을 다물면 말이지."

결국 입증하지 못하면 무죄 추정의 원칙에 따라 그들은 풀려날 수밖에 없다.

"하지만 이 영상이 있으니 그들은 빼도 박도 못하는 거지."

그들이, 아니 한구상이 직원을 따라다닌 지 사흘째.

"그리고 내일은 양옆 집들이 모두 여행을 가."

"어떻게 알아?"

"원래 세 집 모두 빈집이거든. 원래는 여기 전원주택지로 만들어진 곳이라 아직 팔리지 않은 집들이 많아. 다른 집들과 거리도 좀 있고."

"와, 독한 새끼."

노형진은 세 채가 나란히 빈집인 곳을 찾아서 단기 계약을 한 것이다. 거기에다 전원주택지라는 특성상 사람들이 많은 마을에서 좀 떨어진 공간.

당연히 가운데 집 외에는 사람이 없다.

"내일 움직이지 않으면 저들에게는 기회가 없다는 거지."

노형진은 차갑게 말했다.

"미끼를 문 월척은 제대로 잡아야지, 후후후."

⚖

한구상은 입술을 깨물었다.

'내가 어쩌다…….'

완전히 몰락하기 직전에 잡았던 줄.

그게 자신에게 두 번째 살인을 시킬 줄은 몰랐다.

'젠장, 어쩔 수 없잖아? 저놈들이 나쁜 거야.'

돈독이 오른 진영아.

그녀는 결코 성격이 좋다고 말할 수는 없었다.

어쩌다 보니 육체적 관계를 맺었지만 그녀가 생각하는 것은 오로지 돈뿐이었다.

저기서 협박하는 놈도 마찬가지.

제대로 된 인간이 아니라서, 협박으로 먹고산다.

그는 그렇게 생각했다.

그러지 않으면 스스로를 용납할 자신이 없었기 때문이다.

'그래, 내가 잘못한 게 아니야. 그놈들이 나쁜 거야. 그놈들이.'

그는 그렇게 되새기면서 멀어지는 차들을 바라보았다.

타깃의 양 옆집은 공교롭게도 한 가족이었다.

정확하게 말하면 왼쪽은 부모가 사는 집이고 오른쪽은 분가해서 나간 아들의 집이었다.

결혼하면서 건너 건너편의 집을 구해서 들어간 것이다.

그들이 오늘 한꺼번에 놀러 간다는 소식은 이미 알고 있었기에 그들이 떠나는 것도 확인했다.

'오늘뿐이다. 기회는 오늘뿐이야.'

그는 이를 악물었다. 그리고 자신의 몸을 살폈다.

'문제 될 것은 없어.'

오늘을 위해 신발도 후드 티도 새로 다 샀다.

거기에다 마스크까지 쓰면 추적은 불가능하다.

이것도 이번 일이 끝나면 모조리 불태울 예정이었다.

'가자.'

그는 절뚝이면서 올라오는 남자를 보며 이를 악물었다.

그동안 남자의 행동을 보면 패턴은 간단했다.

매일같이 술을 사서 자기 전에 먹고 곯아떨어진다.

가난한 실패자들의 전형적인 모습.

'난 그렇게 될 수는 없어.'

한구상은 그런 모습이 자신의 미래가 될까 두려웠다.

그래서 그는 이번 기회를 절대 놓칠 수가 없었다.

어떻게 해서든 잡아야 했다.

'조금만 더 참자……. 조금만 더.'

그는 이미 비어 버린 집의 구석에 숨어서 밤이 오기만을 기다렸다.

남자는 버릇대로 술을 먹고 허공을 향해 고래고래 소리를 지르더니 술기운을 이기지 못하고 그대로 곯아떨어졌다.

하지만 한구상은 바로 움직이지 않았다.

한 시간, 두 시간이 지나 무려 세 시간이 흐른 후에야 그는 자리에서 일어났다.

'지금쯤이면 완전히 곯아떨어졌겠지.'

선잠이 들었을 때 들어가면 깰까 봐 두려웠던 것이다.

그는 천천히 두 집 사이의 담벼락을 넘어서 집 안으로 들어갔다.

늦은 밤이라서 그런지 문이 잠겨 있었지만 이미 바깥에 예비 열쇠를 두는 곳을 알아 둬서 어렵지 않게 열 수 있었다.

'크윽…….'

전과 다른 상황에 한구상은 침을 꼴깍 삼켰다.

그때는 방심하고 있을 때 다급하게 찔렀다.

진영아는 처음에는 믿을 수 없다는 듯 자신을 바라봤지만 이내 살기 위해 저항했다.

'개 같은 년. 먼저 배신을 하고는 나보고 배신자라고?'

문득 마지막에 배신자라고 소리를 지르던 그녀가 생각난 한구상은 머리를 흔들어서 잡념을 털어 내고 천천히 방 안으로 들어갔다.

거기에는 이불을 뒤집어쓰고 자고 있는 한 사람이 있었다.

'조금만 더…… 조금만…….'

완전히 잠든 사람에게 다가간 그는 칼을 높게 쳐들었다.

창문 아래로 들어온 달빛으로 정신없이 잠든 남자의 얼굴이 보였다.

'네가 나쁜 거야!'

한구상은 강하게 칼을 내리 휘둘렀다.

이제 칼이 살을 뚫고 들어가는 느낌과 남자의 비명이…….

"어?"

한구상은 조용히 해야 한다는 것도 잊어버리고 자신도 모르게 당혹스러운 소리를 냈다.

사람을 찔러 봤기에 안다.

지금 느낌은 사람을 찌른 느낌이 아니다.

칼이 닿는 순간 뭔가에 강하게 튕겨 밀려나며 옆으로 빠져 버렸다.

"이런, 이런. 결국 찔러 버렸네."

어디선가 들리는 목소리.

그는 다급하게 아래쪽을 내려다보았다.

남자가 눈을 뜨고 그를 빤히 바라보고 있었다.

"으악!"

그는 자신이 그 남자를 죽이기 위해 들어왔다는 것도 잊어 버리고 비명을 질렀고, 그와 동시에 사람들이 문을 박차고 들어오는 소리가 들려왔다.

"꼼짝 마! 경찰이다!"

"겨…… 경찰?"

자신을 포위하는 사람들.

그들은 자신에게 총을 겨누고 있었다.

한구상은 정신이 아득해졌다.

"어…… 어떻게?"

"어떻게 여기에 있느냐고? 당연한 거 아닙니까? 당신이 올 걸 알았으니까."

경찰들 사이에서 나온 노형진은 손가락으로 살짝 어딘가 를 가리키며 미소 지었다.

그제야 한구상은 환한 불 아래 감춰져 있던 작은 카메라들 을 알아볼 수 있었다.

"당신이 올 걸 알고 있는데 우리가 대비도 하지 않았을까요?"

노형진은 웃으면서 침대에서 일어나 앉아 있는 남자에게 고개를 끄덕거렸다.

"이제 일어나셔도 됩니다."

"아이고, 이제야 편해지겠네요."

일어나는 남자의 모습을 본 한구상은 당황스러웠다.

그의 다리는 비틀려 있지 않았다.

"어…… 어떻게……?"

"아까도 말씀드렸다시피 오실 줄 알았거든요."

노형진은 그렇게 말하면서 이불을 젖혔다.

그러자 밖으로 드러난 검은색 천.

"케블라 천이죠. 방검복의 재료입니다."

"서…… 설마?"

"설마 진짜로 사람이 죽게 두겠습니까?"

방검복 천을 대량으로 가지고 와서 삼중으로 깔았다.

그리고 그 위에 두꺼운 이불을 덮어 두면 상대방은 모른다.

"이걸 뚫고 사람을 죽일 수는 없죠."

한 겹만 되어도 칼이 힘을 못 쓰는데 그게 삼중이라면 아무런 효과도 없다.

털썩. 한구상은 자리에 주저앉았다.

노형진이 그런 그에게 다가왔다.

"당신의 변호사가 오기 전에 거래를 해 볼까요? 후후후."

막 방송을 마치고 나오던 진원진은 문득 뭔가 이상하다고 느꼈다.

"저기, 촬영 끝났습니다만?"

분명히 방금 방송의 녹화를 끝냈다.

그런데 방송국 카메라들이 자신을 찍고 있었다.

"……"

아무도 대답하지 않는 사람들.

그걸 보고 진원진은 눈을 찌푸렸다.

"이봐요, 녹화 끝났다니까요."

"아니, 이 사람들 왜 이래?"

매니저 역시 당황해서 그들을 가로막았다.

하지만 카메라맨은 여전히 진원진을 찍고 있었다.

"당신들, 뭐 하자는 거야! 녹화 끝났다는 말 안 들려!"

그가 막 화를 내려는 순간, 뒤에서 다른 사람의 목소리가 들려왔다.

"그 사람들이 찍는 건 네가 아니야."

"뭐?"

"나지."

아주 자연스럽게 등장한 남자.

그는 진원진도 아는 사람이었다.

요즘 뜨고 있는 스타 검사 중 한 명인 오광훈 검사였다.

"당신을 찍는데 왜 나를 찍어요?"

눈을 찌푸리고 항의하는 그 순간, 오광훈이 뭔가를 꺼내 들었다. 다름 아닌 체포 영장이었다.

"진원진, 네놈을 한 건의 살인 교사와 한 건의 살인미수 혐의로 체포한다."

"뭐…… 뭐라고!"

당황하는 진원진.

매니저도 당황해서 그를 바라보았다.

"야! 뭐 해! 이거 뭐야! 막아! 막으라고!"

"아니, 저기…… 형님, 이게 무슨……?"

아무리 매니저라고 해도 영장까지 나온 상황에서 할 수 있는 건 없었다.

"가자고, 후후후."

수갑을 꺼내서 진원진에게 채우는 오광훈.

"야! 뭐 해! 이거 뭐야! 막아! 막으라고!"

진원진은 절규하면 주변을 둘러봤지만, 주변에서는 차가운 카메라들이 그의 마지막 촬영을 하고 있을 뿐이었다.

　　　　　　　　⚖

"결국 실토했군요."

"자수했다기보다는, 드러난 거지."

노형진의 예상대로였다.

진원진을 먼저 잡았다면 풀려났을 테지만, 한구상이 먼저 체포되자 그는 자신의 죄를 덜기 위해 진원진이 시킨 행동에 대해 모조리 불어 버렸다.

그걸 근거로 바로 진원진의 체포가 진행되었고 말이다.

─이번 사건에 대해 누구도 누명이라고 의심하지 않았는데 오로지 오광훈 검사님만 그걸 알고 진범을 체포하셨는데요.

─검사에게 진실을 보는 눈은 필수라고 생각합니다. 열 명의 도둑을 놓치더라도 한 명의 피해자를 만들지 말라는 말이 있습니다. 저는 그러한 마음으로, 조금의 의심점이라도 있다면 파고들어서…….

사건을 해결한 것으로 소문난 오광훈은 천연덕스럽게 인터뷰를 하고 있었다.

"하아, 저 새끼……."

"후후후, 그래도 열심히 하지 않나."

"열심히야 하죠."

열심히 한다.

어젯밤에도 기자회견을 준비한답시고 밤새도록 노형진을 들들 볶았으니까.

"기자회견장에서 '날로 먹었습니다.'라고 할 수는 없지 않나?"

"그건 그런데 왜 자꾸 날 귀찮게 하는 건지……."

"업보려니 하게나."

"이미 그러고 있습니다. 그나저나 수진오 씨랑 큐엠은 어떤가요?"

"뭐, 제자리를 찾아갔네."

수진오는 대표로 다시 활동을 시작했고, 큐엠은 약간의 주가 하락은 있었지만 여전히 잘 굴러가고 있었다.

"수진오 씨가 이 은혜는 꼭 갚겠다고 하더군. 자네가 원하면 완전 생초보라도 주연으로 꽂아 준다는데?"

"아이고, 무서운 소리 하지 말라고 하세요."

그런 소문이 났다가는 아마 소속사들이 노형진만 따라다닐 것이다.

"일단 사건 하나는 해결되었군. 그나저나 누명 사건이라…… 이런 게 많을까?"

"많을 겁니다. 아마 그런 것도 이제 우리한테 몰려오기 시작하겠지요."

"점점 일이 커지는군."

김성식은 우려 섞인 말을 했고, 노형진은 진심으로 걱정되었다.

"진지하게 과로 대책을 좀 생각해 봐야겠습니다."

그게 지금의 가장 큰 골칫거리였다.

떡밥을 뿌릴 시간이다

　신동하는 일본에서 아주 잘나가고 있었다.

　신동하의 투자를 받은 기업들이 승승장구하고 있었기 때문이다.

　"잘나가지 않으면 그게 이상한 거지."

　유민택은 흡족한 표정이었다.

　그럴 수밖에 없는 게, 생각보다 신동하의 성장 속도가 빠르기 때문이다.

　"일본의 문화적 수준이 이렇게 낮은 건가?"

　"글쎄요, 문화적 수준이 낮다라……. 그건 뭐라고 할 수가 없네요. 유럽의 문화가 한국의 문화보다 수준이 높다고 할 수는 없으니까요."

문화는 상대적인 것이다.

유럽에서 보면 아시아가 수준이 낮다 여길 수도 있지만, 반대로 한국에서 보면 그들의 무식함에 치를 떨 수도 있는 법이다.

"당장 문화 강국이라고 하는 프랑스도 밤에 나가는 건 위험하죠. 예술적 문화 수준은 높을지 몰라도 그러한 범죄에 대한 개념은 떨어진다고 볼 수 있죠."

"하긴, 그건 그래. 밤에 마음대로 다닐 수 있는 나라는 그다지 많지 않지."

프랑스는 전 세계에서도 알아주는 선진국이기는 하지만, 한편으로는 범죄자들에게 가혹한 나라이기도 하다.

감옥이 어지간한 동남아 수준인지라 범죄자들에게는 지옥이라 불린다.

"그럼에도 불구하고 범죄율이 높은 편이죠."

그 말은 처벌이 약해서가 아니라, 범죄를 하지 않아야 한다는 인식이 약한 사람들이 다수 있다는 의미가 된다.

"그래서 한국도 범죄율이 높아지는 거고."

"그래도 너무 빠르게 성장하는 것 같은데?"

"네? 아, 일본 말씀이군요."

"그래."

여러 가지 프로그램을 판매하고 있고 그중 다수는 중국 등지를 통해 투자하고 있다.

아무리 한국이 한류를 외치고 있다고 하지만 이렇게 쉽게 문화 침투가 된다는 것은 의외였다.

"그건 정치적인 문제에 가깝다고 보시면 됩니다."

"정치적인 문제?"

"네. 지금 총리가 실시하고 있는 정책 말이지요."

현재 일본의 방송은 한 가지 기류를 확연하게 드러내고 있다.

바로 방송에 의한 세뇌.

쉽게 말해서 여러 가지 프로그램을 통해 일본은 위대한 나라라고 주장하는 것이다.

소위 말하는 국뽕을 주입하는 상황.

"북한을 예로 들죠. 그곳에서는 자신의 지도자들에 대한 찬양을 제외한 어떠한 예술 활동도 불가능합니다. 그런데 그들은 한국 프로그램을 몰래 보고 있습니다. 단순히 '재미있으니까.'라고 할 수 있을까요?"

"무슨 뜻인지 알겠군."

북한에서 한국 프로그램을 본다는 것.

그건 말 그대로 목숨을 내놓고 보는 일이다.

누구 하나라도 감시관에게 찌르면 가족이 통째로 수용소로 가서 죽을 수도 있다.

"인간의 정신은 계속 새로운 자극을 찾습니다. 그런데 현재 일본의 방송은 특정 목적을 가지고 방송되고 있지요. 재미도 문제지만, 사실 보는 사람들 입장에서는 거북할 수밖에 없죠."

"그런데 왜 일본은 그런 걸 하는 거지? 난 이해가 안 가는군."

유민택은 방송에 대해 잘 모른다.

그러니 일본이 굳이 문화 산업을 왜 그런 식으로 스스로 망치는 건지 이해가 가지 않았다.

일본은 한때 전 세계를 호령하던 문화 강국 아닌가?

가수들도, 애니메이션도 유명했다.

그런데 어느 순간 퇴보하기 시작했다.

"정치적인 거죠, 뭐. 워낙 문제가 많으니까."

내부에 문제가 많은 나라일수록 나라에 대한 충성과 자부심을 강요하며 자신들의 문제에 대해 언급하지 못하게 한다.

"그리고 일본은 현재 문제가 많지요."

30년 장기 경기 침체가 끝나고 경제가 살아나고 있다고는 하지만, 주변에 적은 늘었고 주변 국가들 중에서 우호적인 국가는 단 하나도 없다.

대한민국조차도, 같은 편이라고 하지만 어디까지나 미국이라는 나라 아래에서 같은 편인 거지, 만일 일대일로 두고 본다면 절대 같은 편이라고 할 수가 없는 상황이다.

거기에다 일본의 젊은 청년들은, 지금에 만족한다고 말하지만 그건 어디까지나 진짜 현재 만족스러운 생활을 할 수 있어서가 아니라 연애부터 결혼, 심지어 집을 사는 것까지 모조리 포기하고 오로지 당장의 생활과 즐거움을 위해 돈을 쓰고 있어서 만족스럽다고 하는 것이다.

미래를 이끌 세대가 힘도 꿈도 없이 그냥 대충 먹고살자고 생각한다는 것이 문제인 것이다.

"거기에다 가장 큰 문제가 있죠."

"아, 방사능 말이군."

"네. 수습이 불가능하니까요."

암 발생률은 치솟고 방사능 처리는 도무지 엄두도 내지 못하고 있다.

'심지어 그 방제 비용까지 비리가 끼어서 꿀꺽 삼켜지고 있지.'

물론 그건 미래에 밝혀지는 사실이다.

얼마나 규모가 큰지, 방제 비용의 30%가 사라졌다.

'그리고 그 뉴스는 얼마 가지 않아서 모조리 사라졌지.'

방제 회사가 바뀌지도 않았고, 수사도 되지 않았으며, 처벌도 이루어지지 않았다.

일본은 그런 나라다.

'그걸 내가 알려 줄 필요는 없지.'

아직은 일어나지 않을 수도 있는 일이고, 사실 한국인이라는 입장에서 그들에게 좋은 감정이 있을 리 없다.

설사 가서 '횡령이 이루어지고 있습니다.'라고 주장한들, 외국인의 주장에 힘을 실어 줄 국내 사회조직이 일본에는 없다.

"그런 상황에서 말 그대로 재미에만 집중하는 프로그램들이 생기고 있으니까요."

일본은 위대한 나라라는 세뇌만 당하다가, 그것보다는 좀 더 감각적인 재미를 추구하는 프로그램이 생기니 성장을 못 하면 그게 이상한 거다.

"그나저나 이제 자네는 어쩔 생각인가? 보아하니 슬슬 움직여야 하지 않을까 싶네만."

"신동하가 충분히 컸다고 생각하시는 거군요."

"그것도 그거네만, 신동성의 움직임이 좀 이상해."

"이상해요?"

"그래. 신동우 쪽에서는 아직 모르는 것 같네만."

'슬슬 시작인가?'

신동성은 신동우를 꺾고 대동을 집어삼킨다.

그러나 그런 일은 어느 순간 갑자기 이루어지는 것이 아닌 법이다.

분명히 징조가 보이기 마련이다.

"신동우는 한국 공략에 신경 쓰느라고 관심을 보이지 않을 테고…… 확실히 자리를 잡기 쉬운 시점이죠."

"현재 우리가 봐서는 신동성이 좀 더 유리해."

'유리한 정도가 아니죠.'

실제로 내전이 벌어지자 신동우는 거의 힘도 쓰지 못하고 쓸려 나가 버렸으니까.

"무슨 뜻인지 알겠습니다. 신동하를 내부로 넣어야 한다는 거군요."

"그래. 아직 신동하는 내부에서 힘이 없네."

신동하가 크기는 했다.

하지만 엄밀하게 말하면 대동 내부가 아닌 외부에서 커진 것이다.

당연하게도 후계자 전쟁을 하기 위해서는 슬슬 안쪽에도 자리를 만들어야 한다.

"그리고 동시에 신동성의 힘을 빼야 하네."

"신동성의 힘이라……."

노형진은 곰곰이 생각에 빠졌다.

확실히 맞는 말이다.

신동성의 힘을 빼야 신동하가 그와 팽팽한 싸움을 할 수 있을 것이다.

하지만…….

'그래서는 의미가 없지.'

신동성의 힘을 빼앗는다는 것은 신동하가 신동성과 전쟁을 치른다는 것.

그건 결코 좋은 생각이 아니다.

"안 됩니다. 전쟁을 하기에는 신동하의 세력이 너무 약합니다. 씨앗으로 치면 이제 막 발아한 상태입니다. 신동성이 알면 전력을 다해서 밟아 버릴 겁니다. 기존의 상황을 생각하면, 신동우는 그걸 방치할 거고요."

결국 그렇게 되면 신동하는 대룡과 힘을 합쳐서 싸워야 하는데…….

"그렇게 된다면 대룡은 일본 대동과 전면전을 치러야 합니다."

"끄응…… 그런가? 하긴, 그렇겠군."

노형진의 말에 유민택은 고개를 끄덕거렸다.

"사실 전략실도 고민이 많은 모양이야. 건드리자니 무섭고 마냥 기다릴 수도 없고."

"저라면 신동우를 치겠습니다."

"뭐? 신동우를?"

노형진의 말에 유민택은 눈을 찌푸렸다.

물론 신동우를 친다는 게 나쁜 생각은 아니다.

사실 자기들끼리 싸우면 자신이야 좋다.

하지만 신동우를 치면 도리어 신동성이 유리해진다.

"아까도 말했지만 신동성의 행동이 의심스럽네. 싸움에서 신동우가 불리한 상황이기도 하고. 그런데 그의 힘을 빼자고?"

"네."

"이해가 안 가네만."

"경각심을 일으키자는 거죠."

"그게 무슨 말인가?"

"신동우가 일본 본사에서 힘이 없을까요? 아닙니다."

그럼에도 불구하고 신동우가 내전에서 쓸려 나간 것은, 그가 한국과 중국 진출에 매달리다 보니 내부에서 자기 세력이 정리당하는 것을 감지하지 못했기 때문이다.

"아마 신동성이 보여 주는 이상한 움직임은 신동우의 세력을 잘라 내기 위한 걸 테고요. 안 그런가요?"

"그렇지."

'역시 내 예상대로군.'

신동성은 내전을 오래 준비했다.

그런 사람이 내부에 신동우의 사람을 두고 싸움을 시작할리 없다.

'한꺼번에 다 자를 수는 없으니…….'

걸리지 않게 조금씩 잘라 내려면 지금부터 슬슬 시작해야한다.

"그래서 신동우를 공격해야 한다는 겁니다."

"자세하게 좀 말해 보게."

"신동우에게 이미 내전이 시작되었다는 걸 알려 주는 거죠."

지금 신동하는 신동성에 비해 힘이 터무니없이 부족하다.

그러니 싸움을 걸어 봐야 이기기는커녕 대룡으로부터 도움을 받고도 버티는 것이 최선이다.

"하지만 신동우는 이야기가 다르죠."

신동성이 움직인 이유는, 신동우가 내부에 신경을 쓰지 않고 있기 때문이다.

이는 신동하에게도 적용된다.

아니, 그는 신동성보다 더 신동하를 경계하지 않을 것이다.

한국에서 보고만 받고 있을 테니까.

"아마 지렁이의 꿈틀거림 정도로만 생각하겠지요."

"그렇지."

"그런데 그 지렁이가 알고 보니 쥐라면 어떨까요? 그것도 자신의 손가락 발가락 정도는 물어서 잘라 낼 수 있는."

당연히 물어뜯긴 신동우는 발끈하면서 일본 내부로 관심을 돌릴 것이다.

그리고…….

"내부로 눈을 돌리면 신동성이 뭔 짓을 하는지 모를까요?"

"아하! 말 그대로 내부로 시선을 돌리기 위한 미끼로군."

"네, 미끼일 뿐이죠. 떡밥이라고 보시면 됩니다."

낚시를 할 때 떡밥은 물고기를 불러올 뿐, 그 자체로 물고기를 잡지는 못한다.

"신동하가 물어뜯는 바람에 내부를 확인해 보니 신동성이 통수 칠 준비를 하고 있습니다. 사실 신동하는 진짜 아무리 크게 봐줘 봐야 손가락 물어뜯는 쥐일 뿐입니다. 하지만 신동성은 다르죠."

자신의 목을 잘라 버릴 수 있는 칼을 갈고 있는 망나니다.

"신동우는 신동하가 아닌 신동성과 싸울 수밖에 없겠군."

"그렇지요. 그렇게 되면 일단 대룡에 가해지는 압력이 약해질 겁니다."

내부 전쟁이 본격적으로 시작될 테니까.

"우리는 내전을 일으킬 예정입니다. 그리고 내전이 오래 가기 위해서는, 서로가 준비되지 않은 상황에서 시작해야 하지요."

그래야 내부는 더 곪아 가니까.

"타격은 크게 줄 수 없지만 관심을 돌릴 수 있다라…….
허! 우리는 왜 그 생각을 못 했지?"

"아무래도 대룡의 실무진은 성화와 오래 싸웠으니까요."

일대일 싸움에는 능숙할지 모르지만, 일 대 일 대 일이라는 구조에서는 싸운 적이 없었다.

그러니 그들은 일단 눈앞에 있는 가장 큰 문제부터 제거해야 된다고 생각했을 것이다.

"그사이에 우리가 성장한다 이거군."

"네. 신동하도 마찬가지고요."

만일 신동하가 성장해서 사냥개 정도만 된다고 해도, 그때는 싸움의 판도는 완전히 달라진다.

사냥개 자체는 망나니가 칼 한번 휘두르면 죽을 테지만, 두 망나니가 서로에게 칼을 휘두르고 있을 때 그들의 다리한쪽을 물어뜯는 데에는 충분하다.

"사냥개가 편드는 쪽이 이기는 거죠."

"하긴, 그게 계획이었지."

유민택은 곰곰이 생각에 빠졌다.

지금 상황에서 자신들이 살아남으려면 그 방법이 제일 유리했다.

"하지만 신동우에게 너무 크게 상처를 주면 안 되겠지? 어차피 나중에 신동성과 싸울 때 힘을 써야 하니까."

"네. 딱 손가락을 물어뜯는 정도여야만 합니다."

너무 강하게 물어뜯으면 내부 전쟁을 시작하기 전에 잔챙이 정리부터 하겠다고 나설 수도 있다.

"만만한 대상이라……. 뭐가 있지? 어지간한 건 다 큼직큼직하잖아. 그걸 가지고 집어삼킨다는 건 말도 안 되고."

유민택은 고민스러운 듯 말했다.

사실 신동하가 크긴 했지만 대동이라는 거대한 기업에 비해서는 아주 작은 상황이니까.

"내부에 들어가기 위해서는 내부에 속한 회사이어야 하며 또 신동우가 가지고 있는 회사이어야 하는데……."

"이미 골라 났습니다."

"골라 났다고?"

"네. 설마 제가 신동하를 마냥 연예계 큰손으로 대접했겠습니까?"

물론 성공하면 투자 대비 큰돈을 버는 연예계이기는 하지만, 아무리 투자를 받았다고 해도 갑자기 공장을 인수하는 것은 불가능하다.

"신동우 아래에 연예 기획사가 있습니다."

"응?"

유민택은 당혹스러운 표정이 되었다.

"연예 기획사가 있어? 처음 들어 봤는데?"

"아마 규모가 작아서 그럴 겁니다. 직원이 보고서에 정리해서 올렸겠지만 아마 무시하고 넘어가셨겠지요."

"그럴지도 모르겠군. 잠시만 기다려 주게."

유민택은 인터폰으로 비서를 불러서 관련 보고서를 가지고 오게 했고, 좀 지나서야 기록 내에서 회사를 찾을 수 있었다.

"맨 뒤에 있군. 이러니 내가 못 봤지."

보고서의 내용은 가나다순이 아니라 자본력순으로 정리가 되어 있었다.

쉽게 말해서 대룡에 위협이 되는 순이라는 건데, 그게 맞는 표시법이기는 하다.

전쟁 중이니까.

그리고 그 연예 기획사는 가장 뒤쪽에 있었다.

거기에다 위협이 안 되어서 자본금과 소속 연예인들 이름 정도만 적혀 있었다.

"나미프로덕션이라……. 자본금이 50억 이하군. 이 정도면 우리와 싸워도 의미가 없는 수준인데."

물론 50억이라는 돈이 적은 것은 아니다.

하지만 대룡과 대동 급의 전쟁에서 자본금 50억은 의미가 없는 수준이다.

자본금이 50억이라고 하지만 회사를 팔아먹고 그걸 내놓을 수는 없으니 그중 일부만 지원할 수 있을 텐데, 그 경우 그 회사가 내놓을 수 있는 최대한의 금액은 5억 정도.

그것도 회사의 명운을 걸고 내놓으면 말이다.

"좀 심하게 말하면 우리 하루 접대비도 안 될 수준인데?"

"그러니 위험하지 않다고 뒤로 뺀 거죠."

"음…… 무슨 뜻인지 알 것 같아. 그런데 말이야, 여기 속한 사람들 중에 유명 연예인이 있기는 한 건가? 내가 일본 쪽 연예인들은 잘 몰라서 말이지."

"있겠습니까? 그저 그런 애들뿐입니다."

진짜 유명한 애들이 활동하면 50억은 한 달이면 버는 돈이다.

그래서 대형 기획사들은 그런 연예인들에게 100억짜리 펜션을 공짜로 지원해 주는 판국이다.

"그런데 왜 이런 애들을 데리고 있는 거지?"

"접대용이지요."

"아…… 무슨 뜻인지 알겠네."

한국도 심각한 성 접대 문제로 인해 노형진이 몇 번이나 싸워야 했다.

그런데 소위 말하는 '성진국' 일본에 접대 문화가 없을 리 없다.

"술집 작부보다는 현직 아이돌을 부른다는 게 접대에서는 좀 더 느낌이 좋지요."

"그러니까 이 애들은 그런 목적으로 만들어져서 활동한다

이거군."

"네. 그러니 그 애들을 굳이 키워 줄 필요도 없지요."

너무 커져 버리면 접대할 때도 좋지만 반대로 언론에 노출이 잘되기 때문에 접대 문제가 외부로 새어 나갈 수 있다.

그러니 이들은 중견급에서 딱 지원을 끊어 버리는 것이다.

방송에 나가고 활동하는 아이돌이라는 타이틀이 필요한 것뿐이니까.

"그러니 규모가 클 필요도 없군."

"네."

"하지만 이거 너무 작은데. 손가락이 아니라 손톱이나 되겠어?"

아무리 신동우의 진영에 속해 있는 자들이라고 하지만 너무 작은 규모다.

날아가 봐야 신동우는 코웃음이나 칠 뿐 신경도 안 쓸 정도의 규모.

"규모만의 문제가 아니죠. 두 가지 이유 때문에 그는 일본으로 시선을 돌릴 수밖에 없습니다."

"두 가지 이유?"

"네. 첫째는, 물어뜯은 사람이 신동하라는 거죠."

신동성이라면 그럴 수 있다.

하지만 전혀 생각하지도 못한, 사실 마음속으로는 인간 취급도 하지 않았던 신동하에게 물어뜯긴다면 그의 자존심에는 심각한 상처가 날 수밖에 없다.

"자신이 일본 내에서 신동하가 물어뜯을 정도로 약해졌다는 사실을 알게 되겠지요."

"두 번째 이유는?"

"아까 말씀드린 접대입니다. 그곳에서 벌어진 접대 기록이 어디로 가겠습니까?"

"아하!"

만일 그곳이 신동하에게 넘어간다면 접대 기록 또한 넘어가는 셈이다.

돈 자체는 얼마 안 되지만 신동우와 접대를 받은 자들의 도덕적 약점을 쥐게 되는 것이다.

"물론 그걸 깐다고 해도 타격이 크지는 않을 겁니다. 일본은 이런 걸 쉬쉬하는 문화니까요. 하지만 아차 싶기는 하겠지요."

"우리가 노리는 딱 그 수준만큼만 말이지."

"네, 딱 그만큼만 말이죠."

노형진은 미소를 지었다.

"하지만 이걸 어떻게 집어삼키지?"

기업을 산다? 그건 허가 날 리 없다.

망하게 하는 것도 의미가 없다.

"내부에 들어간다는 것, 그 말은 그 회사의 적을 대동으로 놔두고 수뇌부를 이쪽에서 갈아 치워야 한다는 걸세. 이거

기록 보니까 주식회사도 아니기 때문에 주식을 가지고 갈아치우는 건 불가능해 보이는데.”

아무리 작다고 해도 50억짜리 회사를 신동우가 100% 소유할 수는 없다.

주식회사라면 그냥 주식을 긁어모으면 되지만 애석하게도 주식회사가 아니다.

“간단합니다. 투자를 하면 되지요.”

“투자?”

“네, 투자요. 투자를 받아서 주식회사로 바꿀 수밖에 없게 하면 됩니다.”

“투자를 받으려고 하겠나?”

아무리 신동우가 지분이 작다고 하지만 그래도 그는 주주다.

“신동우 외의 다른 사람들의 지분을 합하면 신동우의 지분을 넘습니다. 그러니 그들이 투자받는 쪽으로 결정하게 하면 됩니다.”

“마냥 투자를 받으려고 할까? 이유도 없이? 그냥? 무조건?”

“그 이유를 만들어 주면 됩니다, 후후후.”

한국.

한류라는 거대한 흐름을 만들어 낸 나라.

아시아에서는 최소한 상업적 음악에 한해서는 문화 강국으로 불리는 그곳.

그런데 그 이면에는 한 가지 비밀이 있다.

한국 시장의 규모가 작다는 것.

그런데 그 작은 시장에서 경쟁하다 보니 실력이 올라갔다는 것이다.

그래서 한국에서 성공한 가수들의 꿈은 해외 진출이다.

당장 음악 시장의 규모가 일본은 한국의 열 배다.

거기에다 환율 차이도 나니까, 한국에서 열 번 공연해야 하는 돈을 일본에서는 두어 번이면 벌 수 있다.

중국은 환율 자체는 낮지만 인구가 압도적이다.

그래서 한국의 가수들은 성공하면 외국으로 나가는 것이 선택이 아닌 필수가 된다.

"그래서 우리 애들보고 일본으로 가라고요?"

"그래 줬으면 합니다만."

"으으음……."

묘한 표정으로 즉답을 꺼리는 남자.

엔터테인먼트조합에 속해 있는 레몬트리라는 엔터테인먼트사의 사장이다.

'회귀 전에는 없던 회사지.'

아마 아예 생기지도 않았거나, 생겼다고 해도 수많은 데뷔 가수들의 파도에 밀려서 사라졌을 것이다.

'하지만 역사가 바뀌었지.'

엔터테인먼트조합과 지역 공연장이 생기면서 중소 엔터테인먼트들이 지원을 받거나 생존하기 쉬운 환경이 되었고, 인터넷 방송국이 생기면서 이름을 알리기도 쉬워졌다.

다 노형진이 한 일이지만, 그 덕분에 레몬트리에 유일한 가수가 탄생했다.

"뉴젝스가 해외 진출을 할 때가 되지 않았습니까?"

"그건 그렇지요."

뉴젝스.

레몬트리에 속한 유일한, 그리고 한류의 중심에 있는 그룹이다.

지역 랭킹전 남자 그룹 부문 1위.

실력은 의심할 바가 없고 인기도 어마어마하다.

아직 진출도 하지 않았는데 일본에서는 이미 대인기 그 자체.

"일본어도 어느 정도 배우지 않았습니까?"

"그건 그런데……."

그럼에도 불구하고 뉴젝스가 일본에 진출하지 못한 것은, 작은 기획사의 특성상 필수가 아닌 것을 가르쳐 줄 능력이 되지 않아서였다.

'그래서 속 좀 끓였지.'

생각지도 못하게 빵 터졌는데, 그래서 해외에 나가서 공연을 해야 하는데 일본어를 못한다.

'물론 초청 공연 형태로 몇 번 가기는 했지만.'

그건 단순히 무대에서 노래만 하고 온 수준.

제대로 일본에서 콘서트를 하거나 방송을 하거나, 하여튼 제대로 출연하기 위해서는 일본어가 필수다.

"노 변호사님 말씀은 감사합니다. 덕분에 협회 내부에서 외국어 교육도 같이 해 줘서 상당히 많이 배웠고요. 하지만 여전히 문제가 있습니다."

"일본에서 활동할 소속사 말씀이군요."

"네. 저희는 작은 곳입니다. 일본에 그런 걸 만들 여력이 안 됩니다."

실제로도 그런 경우는 많다.

사실 엔터테인먼트 사업은 인맥이 중요하다.

방송국에 출연하는 것도 다 인맥이니까.

그런데 해외로 진출한다고 바로 불러 주는 게 아니다.

그래서 일반적으로 엔터테인먼트는 그 지역에 있는 엔터테인먼트와 손잡고 진출한다.

규모가 된다면 자기들이 거기에 지점을 만들겠지만, 그게 성공한 경우는 드물다.

그걸 인정하면 자기네 엔터테인먼트들이 망하기 때문에, 알게 모르게 그런 식으로 직접 들어온 연예인의 출연을 터부시하기 때문이다.

"누군가와 손잡고 들어가야 하는데 적당한 곳이 없어서요."

'예상대로군.'

뉴젝스급의 아이돌이 일본 활동을 타진해 보지 않았을 리 없다.

"문제는 돈이군요."

"네, 문제는 돈이죠."

뉴젝스급의 아이돌이 활동한다는 것.

그건 반대로 말하면 그 정도 급이 되는 계약금을 줘야 한다는 거다.

"큰 데를 가자니 터무니없는 조건으로 후려치려고 하고, 작은 곳을 가자니 조건을 못 맞춰 주고. 그런 상황이네요."

레몬트리의 사장은 곤혹스러운 표정으로 말했다.

"그렇다고 나가면 돈을 닥닥 긁어 올 걸 뻔히 알면서도 여기서 손가락만 빨고 있을 수도 없고."

곤란한 표정의 그를 보면서 노형진은 간단하게 해결책을 제시했다.

"그렇다면 적당한 곳이 있습니다."

"적당한 곳이 있어요?"

"네. 자본금 50억의 나미프로덕션이라는 곳입니다."

"네? 50억요? 저기, 노 변호사님, 그건 좀……."

일그러지는 얼굴을 감추지 못하는 사장.

그럴 수밖에 없는 게, 지금 일본에서 부르는 최저 조건도 계약금 50억이 넘는다.

그런데 자본금이 50억이라니?

"그곳을 키워서 들어가면 됩니다."

"그게 무슨 말씀이시지요?"

"그곳은 대동 계열사거든요."

"대동요?"

눈을 반짝이는 사장.

아무리 그가 잘 몰라도 대동을 모르지는 않으니까.

"대동의 삼남인 신동하는 그곳을 키울 생각입니다. 그런데 기회가 없는 거죠. 극적인 기회가 있어야 하는데 말이죠."

"그런데…… 그 기회가 저희라는 건가요?"

"네."

"어째서요?"

"돈이 들어가야 하는데 주변에서 반대가 심합니다. 돈을 넣어서 키우거나 잡을 사람이 없다는 거죠."

당연하다. 목적이 다르니까.

"하지만 뉴젝스가 그쪽으로 간다면 상황이 달라지죠."

일본에서 활동도 하지 않는데 이미 소문이 파다하게 나 있는 뉴젝스다.

일단 간다고만 하면, 그곳에 돈을 투자해서라도 잡으려고 하는 사람들이 많을 것이다.

"그러면 계약금은 충분히 맞춰 줄 수 있지요."

맞춰 주는 정도가 아니다.

일단 현재 상황에서 뉴젝스가 훨씬 유리한, 소위 갑의 위치에 있다.

그러니 다른 회사들과 다르게 후려치거나 할 수는 없다.

"어찌 되었건 대동 계열사이기 때문에 방송국이나 문화계에서도 강력한 힘을 가지고 있고요."

"끄응…… 그렇기는 하겠지만……."

머리를 부여잡고 끙끙거리는 사장.

"뉴젝스가 간다고 하면 투자금이 200억 이상 들어갈 겁니다."

"헉! 200억!"

"물론 다 뉴젝스에게 갈 돈은 아니죠. 하지만 그것만 해도 충분한 지원이 될 겁니다. 거기에다 다른 곳도 아니고 대동의 계열사입니다. 누가 거기를 무시하겠습니까?"

"큰 곳으로 가는 게 아니라 작은 곳을 키워서 우리가 더 많이 받는다라……."

사장은 군침이 도는 표정이었다.

그러면 수익이 많이 난다.

사실 일본 진출을 하고 싶었지만, 급이 되는 곳들은 터무니없는 조건을 달아서 지금까지 가고 싶어도 가지 못했다.

'대동 라인이라면 방송국에서도 텃세는 못 부리겠지.'

살살 넘어오는 사장.

하지만 여전히 한 가지 문제가 있다.

"저희가 그냥 가서 '계약하고 싶습니다.'라고 하면 됩니까?"

"그래도 됩니다만……."

사실 그러면 아마 쌍수를 들고 환영할 것이다.

"그보다는 홍보 차원에서 극적으로 들어가는 게 더 좋지 않을까요?"

"극적으로요?"

"네, 아주 극적으로 말입니다. 그러면 일단 시작부터 아마 편하게 할 수 있을 겁니다."

노형진은 씩 하고 미소를 지으며 말했다.

"사고요?"

대룡의 일본 공략을 책임지는 박 부장은 당황스러운 표정이 되었다.

"네, 뉴젝스에게 사고를 만들 겁니다."

"아니, 저기, 노 변호사님? 그쪽에 무슨 원한이라도 있는 겁니까?"

당황스러운 표정이 되는 박 부장.

그가 아무리 음지에서 일하는 사람이라고 해도 뉴젝스에게 사고를 유발하는 것은 부담스러운 일이다.

"아, 오해하셨군요. 사고를 당한 것처럼 꾸미는 거죠."

"네? 꾸민다고요?"

"네, 이미 소속사인 레몬트리 쪽과는 이야기가 끝났습니다."

"저는 아직 이야기가 안 끝나서요."

"메일 확인 못 하셨나요?"

"아…… 네. 핸드폰이 고장 나서요."

"그러면 제가 설명을 해 드리죠."

방법은 간단하다.

뉴젝스가 한국에서 일본으로 관광하러 와서 사고를 당해서 쓰러진다.

그리고 지나가던 사람들이 그들을 도와준다.

그런데 그들은 나미프로덕션이라는 작은 회사 소속이다.

"그리고 나미프로덕션의 도움에 감사하며, 뉴젝스는 나미프로덕션과 일본 활동 계약을 맺는다."

"아아아, 어쩐지. 노 변호사님이 허투루 뭔가 하실 분이 아니죠."

박 부장의 말에 노형진은 씩 웃었다.

간단한 전략이기는 하지만 그 효과는 대단하다.

"일본은 이런 상황에 대해 상당히 감성적인 부분이 있지요."

의인이나 은혜를 갚는 이야기는 일본에서 흔하다.

즉, 일본 문화 자체가 그러한 행동을 높게 보고 있다는 소리다.

"나미프로덕션 쪽도 손해 보는 게 아니죠. 뉴젝스 입장에서는 좋은 미담을 가지고 시작하니까 일본 활동이 훨씬 쉬워

질 테고요."

"허허허…… 그럴 줄은 몰랐습니다. 그런데 왜 하필 나미를…… 아하!"

뉴젝스가 나미프로덕션에 들어가고자 한다면 아무리 그래도 급에 맞춰서 최저선은 줘야 한다.

그런데 현재의 나미프로덕션은 그에 맞춰 줄 수가 없다.

"외부에서 투자를 받아야 하지요. 신동우는 어떻게 생각할지 모르지만, 나머지 지분을 가진 사람들이 과연 이 기회를 거절할까요?"

"그럴 리가요."

그럴 리 없다.

뉴젝스가 지금 일본 진출을 한다는 것은 말 그대로 일본에서 돈을 긁어모은다는 것을 의미하며, 그 말인즉슨 주주들의 배당금도 몇십 배로 뛴다는 뜻이다.

"그 투자를 신동하가 하는 거군요."

"네. 이미 신동하는 연예계에서 큰손으로 소문이 났습니다. 그가 뉴젝스를 잡기 위해 나미프로덕션에 투자를 한다는 건 결코 이상한 일이 아니죠."

신동우가 안다면 좀 탐탁지 않게 생각할 수도 있다.

하지만 지금의 신동우는 나미프로덕션에 신경을 쓸 처지가 아니다.

한국에서 노형진에게 한 방 먹은 걸 수습하느라고 정신이 없으니까.

"그 자본은 공식적으로 중국에서 들어옵니다. 그리고 뉴젝스는 어차피 중국 활동도 해야 하지요."

"뉴젝스는 손해 보는 게 없네요."

"누구도 없지요. 신동우만 빼고 말입니다."

노형진은 미소를 지으며 말했다.

"그렇군요. 그러면 사고를 조작한다라⋯⋯. 뭐, 그건 어렵지 않습니다만, 문제는 나미프로덕션 쪽이군요."

"그래서 박 부장님에게 부탁을 하려고 하는 겁니다."

"네?"

"그쪽에 야마다 사토시라는 사람이 있습니다. 그 사람과 접촉해 주십시오. 저는 아무래도 티가 나니까요, 후후후."

⚖️

야마다 사토시는 컴컴한 밤길을 달리면서 침을 꿀꺽 삼켰다.

'나쁜 일이 아니기는 한데.'

그는 나미프로덕션에 속한 걸 그룹인 핑크버블의 매니저다.

그리고 나름 야심도 있는 사람이다.

그런 그에게 접근한 한 사람.

'뉴젝스라니⋯⋯ 뉴젝스라니.'

일본에 뉴젝스가 진출하기 위해 사건을 벌이고 싶다, 그리고 그걸 당신들이 도와줬으면 한다는 부탁.

처음에는 이 무슨 미친 소리인가 싶었다.

하지만 실제로 그는 뉴젝스와 영상통화를 하게 해 줬다.

'이건 기회야.'

그들은 도와주는 조건으로 자신이 속한 회사인 나미프로 덕션과의 계약을 내걸었다.

그 말은 자신이 회사에서 승승장구할 수 있게 된다는 소리다.

못해도 부장급으로 승진을 할 테고, 시간이 좀 지나고 별 문제가 없다면 이사급이 될 수도 있을 것이다.

'그리고……'

그는 힐끔 백미러를 통해 뒷좌석에서 자고 있는 핑크버블을 바라보았다.

아이돌이 되고 싶어서 왔던 아이들.

하지만 무대보다 술집에 더 많이 불려 다니는 자신의 아이들.

'뉴젝스와 엮이면 그런 일은 끝이다.'

뉴젝스를 구한 아이돌.

그 타이틀은 그녀들을 방송에서 띄워 줄 테고, 그녀들이 고통받을 일은 없어지게 될 것이다.

'나만 입 다물면 말이지.'

누구도 손해 보지 않는다. 자신이 침묵을 지키면 말이다.

"우웅."

그러는 사이 멤버 한 명이 잠에서 깨서 일어났다.

그리고 주변을 보면 눈을 찌푸렸다.

"야마다 상, 여기 어디예요? 왜 이렇게 낯선 곳을 달리고 있어요? 공연은 아까 끝났잖아요?"

"아, 미안. 내가 길을 잘못 들었어. 좀 돌아가는 길이네."

"피곤한데."

"금방 갈게. 어서 숙소에 가서 자야지."

그는 애써 평온하게 말했다.

그리고 그 박 부장이라고 자신을 소개한 사람과 나눈 대화를 머릿속으로 더듬었다.

'이곳이라고 했는데.'

박 부장은 이곳에서 사고가 있을 거라고 했다.

이미 야마다 사토시는 핑크버블의 스케줄은 넘겼고, 그쪽에서 적당한 길을 골라 줬다.

'확실히 여기야.'

입구 자체가 헷갈리는 위치인 데다가 이쪽으로 들어오는 차는 거의 없다.

만일 사고가 난다면 상당 시간 도움을 받기 힘든 것이 사실이다.

'어?'

한참을 가던 야마다는 좀 떨어진 곳에서 웬 불빛을 발견했다.

"어, 저기, 사고가 난 것 같은데?"

"사고요?"

"그래. 차가 도로 옆으로 떨어진 것 같아."

"어, 어쩌죠?"

"어쩌긴, 도와줘야지. 지금 이 도로에는 우리뿐이라고."

잠에서 깬 멤버들은 불안한 표정이 되었다.

하긴, 이 오밤중에 남을 돕는다는 게 쉬운 일은 아니다.

불만의 빛이 보이는 듯하자 야다마는 독하게 나가기로 했다.

'다 너희들을 위한 거다.'

그는 그렇게 생각하며 강하게 말했다.

"너희들이 무슨 생각 하는 건지 알아. 하지만 이런 건 그냥 지나가는 게 아니야. 만일 너희가 사고당했다면? 그걸 보고도 그냥 가 버리는 사람들이 어떻겠어?"

"그거야 그렇지만……."

"핸드폰이 있으니 구급차 부르고 위치 확보하는 정도라고. 우리가 의사도 아니고 긴급하게 뭘 할 것도 아니잖아. 보니까 차에서 불이 난 것도 아닌 것 같고. 그리고 이런 건 나중에 미담이 된다고. 반대로 그냥 지나친 게 우리라는 게 알려지면 우리는 연예계에서 매장당할 거고."

다들 움찔했다.

연예계에서 활동하고 싶어서 온갖 더러운 꼴을 다 버티는 애들이니 어쩔 수가 없다.

"가자! 누구 한 명은 전화하고, 넌 차 뒤에서 차량용 삼각대 꺼내서 뒤에 놓고 와!"

멤버들은 야마다의 말대로 다급하게 움직였고, 야마다는 다른 멤버들을 데리고 도로 옆으로 빠진 차량으로 다가갔다.

차량은 크게 부서지지는 않았지만 나무에 충돌한 채로 전조등만 깜빡이고 있었다.

"사람이 어떤지부터 보자."

"시…… 시체라도 있는 거 아니에요?"

"차가 별로 안 부서졌잖아. 이 정도면 그냥 기절한 걸 거야. 시체가 흔하게 나오는 줄 아냐."

그는 벌벌 떠는 나머지 두 명의 멤버를 데리고 차량으로 다가갔다.

사실 이 두 사람을 데리고 간 것도 이유가 있었다.

이 둘은 한류에 심취한 아이들이다.

그리고 한 명은 뉴젝스를 알고 있다.

그녀의 핸드폰이 뉴젝스 사진으로 가득한 걸 분명 봤다.

야마다가 조수석으로 다가갔을 때, 뉴젝스는 기절한 척하고 있었다.

"이봐요, 괜찮아요? 기절한 것 같은데…… 네 명이네? 구급차도 네 대 부르라고 해야겠다."

야마다가 모른 척 뒤로 물러나는 사이, 뉴젝스를 알고 있는 멤버는 기겁을 하면서 주저앉았다.

"허억!"

"왜 그래, 시체라도 본 것처럼? 다 살아 있다고. 기절한 것뿐이야!"

"그…… 그게 아니라……."

핑크버블의 멤버는 바들바들 떨리는 손으로 힘들게 차를 가리켰다.

"이…… 이 사람들…… 뉴…… 뉴젝스예요!"

"뉴젝스? 잠깐, 그 일본 진출을 하겠다고 한 그 아이돌들?"

"네! 확실해요! 그 뉴젝스라고요! 아아, 신이여!"

"뭐라고? 뉴젝스라고?"

뉴젝스라는 말에 우르르 몰려든 아이들.

야마다는 계획이 성공했다고 속으로 쾌재를 불렀다.

"이건 기회일 수도 있어!"

"기회라니요?"

"당장 구급차도 불러. 기자도 부르고……. 아니, 아니…… 기자는 내가 부를게. 우리가 뉴젝스를 구했다고 하면 크게 뜰 수 있어."

"아!"

"일단 차 문을 열고 조심해서 내려서 근처에 눕혀 두자. 아니다, 한 명씩 붙어서 깨워! 구급차가 오면 바로 움직일 수 있게."

그는 그렇게 말하면서 바로 핸드폰을 들었다.

"야마다 상? 하지만……."

"이건 기회야. 너희가 뜰 수 있는 기회라고."

"아…… 네……."

"어서 움직여!"

그들은 다급하게 움직이기 시작했고, 얼마 후 뉴젝스는 조금씩 움직임을 보였다.

사실 오래 기절한 척할 수는 없었다.

상황을 뻔히 알고 있으니 낯간지러울 테니까.

"어…… 여기는……?"

"괜찮습니다. 저희가 구했습니다."

"아, 감사합니다. 사고가 났는데……."

"조금 있으면 구급차가 올 겁니다."

타이밍 좋게 멀리서 들려오는 사이렌 소리에, 야마다는 속으로 주먹을 불끈 쥐었다.

탄탄하게 펼쳐지는 자신의 미래가 눈앞에 보이는 것 같았다.

Take My Money!

　　뉴젝스, 일본에서 교통사고
　　핑크버블, 뉴젝스 사고에서 구조
　　뉴젝스 타박상 외에는 별 이상 없어

　뉴젝스의 교통사고 소식은 일본과 한국 양쪽에 다급하게
전해졌다.
　딱히 문제가 있는 건 아니지만 그래도 그들을 구한 사람들
이 일본의 걸 그룹이라는 점에서 상당한 이슈가 되었다.
　의인을 우상시하는 일본에서 그 소식은 모든 언론에 빠르
게 퍼졌다.
　당연하게도 뉴젝스를 구한 핑크버블이라는 이름도 빠르게

퍼졌고.

그리고 그게 좀 잠잠해질 때쯤, 새로운 소식이 일본을 강타했다.

뉴젝스, "우리를 구해 준 나미프로덕션과 계약하고 싶다."
뉴젝스, 핑크버블에 은혜 갚고 싶다고 말해

나미프로덕션과의 계약 의사를 밝힌 뉴젝스와 소속사인 레몬트리.

안 그래도 뉴젝스 때문에 그룹이 떠서 실실 웃던 나미프로덕션은, 그 뉴스에 행복한 비명을 지름과 동시에 걱정스러운 한숨을 내쉬었다.

"예상대로네요. 아주 그냥 일본 언론을 도배하고 있네요."

"일본인들이 좋아할 만한 이야깃거리니까요."

노형진은 싱글싱글 웃으며 말했다.

"그래도 나미프로덕션에서 너무 다급한 것 같던데요."

"그들 입장에서는 뉴젝스가 오면 시너지 효과가 발생하니까요."

"시너지 효과요?"

"뉴젝스가 가는 곳에는 핑크버블이 따라가는 거죠. 아마 핑크버블은 단시간 내에 어마어마한 지명도를 얻게 될 겁니다."

"아하!"

방송에 나가서 혼자 떠드는 것과 구해 준 사람과 함께 떠드는 것은 그 파급력이 다르다.

더군다나 구해진 사람은 한류를 이끄는 초대형 보이 그룹.

"남자와 여자 그룹이라는 특성과 서로 은혜 갚기라는 특성, 거기에다 사 대 사라는 특성이 잘 어울리면 어마어마한 시너지 효과가 나올걸요. 약간의 로맨스를 양념 삼아 치는 것도 나쁘지는 않을 겁니다. 살짝 썸 타는 정도라면 괜찮겠네요."

"헐, 그런 것까지 계산하신 겁니까?"

"원래 홍보란 이런 겁니다. 일단 뭐라도 하나 여운을 남겨야지요."

남자 그룹이 와서 구했다면, 구해 준 사람과 구해진 사람이라는 관계밖에 안 남는다.

하지만 구해 준 여자와 구해진 남자라는 관계는 사람들의 상상력을 자극한다.

"어찌 되었건 뉴젝스도 우리 의뢰인이니 최대한 뽕을 뽑아야지요."

"노 변호사님은 진짜 변호사 노릇 말고 사업 쪽으로 가야 할 것 같습니다."

"뭐, 그런 거죠, 후후후."

일단 중요한 것은 나미프로덕션의 이름이 널리 알려지면서 뉴젝스가 가고 싶어 한다는 것이다.

"문제는 돈이죠."

뉴엑스는 가고 싶어 하지만 나미프로덕션에는 그들을 받아들일 돈이 없다.

그렇다고 터무니없는 조건을 내걸 수도 없다.

그랬다가는 은혜를 갚으려는 사람들을 등쳐 먹으려 든다고 욕을 먹게 될 테니까.

"슬슬 신동하가 준비가 되어 있겠네요."

노형진은 힐끔 시계를 보고는 씩 웃었다.

⚖

신동하를 통해 돈을 투자하는 것은 어렵지 않았다.

이미 중국 쪽에서도 돈이 들어오는 게 알려진 상황이고, 돈에는 국적이 없는 법이니까.

거기에다가 신동하는 대동의 삼남.

일단 대동 계열인 나미프로덕션에 투자하는 데 문제가 없을 거라 생각했다.

하지만…….

"뭐라고요? 거절당했다고요?"

"네."

신동하는 당혹스러운 표정이 되어서 노형진을 찾아왔다.

그럴 수밖에 없으리라.

돈이 없어 곤란한 상황에, 투자를 하겠다고 했다.

한두 푼도 아니고, 무려 200억을.

현재 나미프로덕션 자본의 네 배이며, 뉴젝스의 계약금과 활동 자금으로 충분한 돈이다.

그런데 거절당했다.

"이해가 안 가는데요?"

더군다나 신동하는 연예계에서는 이제 소문난 큰손이다.

물론 아주 큰손은 아니지만, 최소한 어디서든 만만하게 볼 정도는 아니다.

그런데 그런 그의 투자가 거절당했다.

'어째서?'

신동우가 손을 쓴 걸까?

그럴 리 없다.

신동우는 신동하에 대해 전혀 신경 쓰지 않고 있다.

나미프로덕션 쪽에 대해서도 접대용으로 상당 지분을 가지고 있을 뿐이지, 신경을 써서 키울 생각을 하는 것은 아니다.

더군다나 지금 뉴젝스는 그곳으로 가겠다고 공언한 상태이니 나미프로덕션 입장에서는 당연하게도 뉴젝스에게 줄 돈이 필요하다.

'설마 뉴젝스를 받아들일 생각이 없는 건가? 아니야, 그럴 리 없어. 신동우야 접대용으로 써먹는다고 하지만, 다른 투자자들 입장에서는 그런 멍청한 선택을 할 리 없어.'

최소 수십억 엔을 벌어들일 수 있는데 우리는 접대용으로 쓰기 위해 키우지 않겠다는 말도 안 되는 하는 소리를 하는 사람은 없을 것이다.

　　애초에 접대용으로 쓰는 이유가 뭔가?

　　그렇게 함으로써 돈을 더 벌 수 있기 때문이다.

　　그런데 돈을 거절한다는 건 논리적으로 말이 안 된다.

　　그럴 거라면 차라리 뉴젝스를 받아들이고 그 대신 다른 접대용 회사를 만드는 것이 훨씬 이득이다.

　　그런데 그것도 아니고 그냥 거절.

　　'거절이라……. 돈이 없을 텐데…… 돈이……. 잠깐만.'

　　노형진은 한 가지 가능성이 있다는 사실을 생각했다.

　　그리고 그 예상이 맞는다면 문제는 생각보다 크다.

　　"당장 돈은 없지만 돈이 나올 수 있는 곳이 있다면 이야기는 다르지요."

　　"그게 무슨 말입니까? 우리 말고 그 정도 돈을 준다는 회사는 없는데요."

　　일본 문화 산업은 사실 현재 방송국에 무척이나 종속되어 있는 형태다.

　　방송국이 투자해야 애니메이션도, 영화도 만들 수 있다.

　　당연하게도 가수들은 방송국에 비해 절대적으로 약자이고.

　　"하지만 방송국에서 나미프로덕션에 직접 투자를 한다는 소리는 못 들어 봤습니다."

"확실한가요?"

"네, 지금까지 그런 소문은 전혀 없었습니다."

방송국이 상당한 규모로 문화 산업을 먹었다고 하지만, 그들이 모든 걸 집어삼킬 수 있는 것은 아니다.

방송국 말고 다른 사업에서도 정치 경제 쪽과 알음알음 손잡고 있기 때문이다.

"지금까지? 방송국이 투자를 안 한다고요?"

"하기야 하죠. 하지만 프로젝트에 대한 투자만 합니다."

"아아."

영화를 만들 때 영화제작비는 투자하지만 그 영화사의 지분을 빼앗기 위해 싸우지는 않는다는 소리다.

'좋은 전략이지.'

그랬다가 재능 있는 사람이 그 회사를 그만두고 다른 곳으로 나가 버리면 개털이 되니까.

사람에게 투자하는 거지 회사에 투자하는 게 아닌 거다.

"그러면 방송국은 아닌데."

방송국에서는 지분 투자를 하지 않는다.

그렇다고 뉴젝스가 활동을 시작한 것도 아니니 제작 투자도 하지 않을 것이다.

그러면 그 돈을 지원할 수 있는 다른 사람이 있어야 한다.

"신동성……."

노형진은 자신도 모르게 신음을 흘렸다.

신동성. 차남이자 쿠데타의 주역.

"그로군요."

"그 새끼가요?"

"네, 그가 아니면 다른 이유가 없어 보입니다."

"하지만 그가 투자를 받지 말라고 한다고 해도 받아들이지 않을 리는 없는데요?"

신동하는 당혹스러운 표정이었다.

노형진을 만난 이후 지금까지 거절당해 본 적이 없어서 그럴까?

"그러면 그게 의미하는 것은 하나뿐입니다."

"하나뿐?"

"나미프로덕션은 신동우가 아니라 신동성을 따른다."

신동하는 움찔했다.

"그럴 리가요. 그곳은 신동우의 라인으로 알고 있는데."

"우리가 그렇게 알고 있는 거죠."

노형진은 눈을 찌푸렸다.

알고 있는 것과 진실은 간혹 전혀 다르다.

'생각해 보면 당연한 건가?'

쿠데타가 시작되었을 때, 신동우는 신동성에게 제대로 저항도 못 해 보고 쓸려 나갔다.

그 말은, 신동우는 내부에 자기 세력이 많다고 생각해 방심했다는 소리다.

'쳐 내는 게 아니라 자기 사람으로 데리고 간 거군.'

이런 내전에는 두 가지 방법이 있다.

하나는 상대방 사람을 쳐 내고 자신의 사람을 심는 것.

그건 외부에 잘 드러나기 때문에 진짜 본격적인 전쟁을 할 때나 써먹는다.

다른 하나는 그 사람이 기존 사람을 배신하게 만드는 것.

'그 경우는 일이 터지기 전까지는 모르지.'

믿는 사람이라고 맡겨 놨더니 갑자기 뒤에서 칼을 꽂는 경우 그 타격은 어마어마하다.

그리고 지금은 그런 상황일 가능성이 무척이나 높다.

노형진은 신동성이 절대 만만한 자가 아니라는 생각이 들었다.

'다혈질이라고 하더니.'

분명히 그렇게 보였다.

신동하가 성장하자 찾아와서 빈정거리면서 도발하던 그의 모습을 아직도 기억하고 있다.

다혈질에, 생각이 짧은 듯 보였다.

그에 반해 신동우는 차분하고 조용하며 뒤에서 계획을 짠다.

사실 외부적인 모습으로 보면 신동우가 차기 회장으로는 더 어울린다.

'하지만 이긴 건 신동성이야.'

그 말은 사람들이 그에게 넘어갔다는 것이다.

그것도 신동우가 모르는 사이에 조용히.

그건 절대 다혈질의 방식이 아니다.

'큭…… 가면인 건가?'

노형진도 필요에 따라서는 가면을 쓴다.

하지만 신동성은 그 가면을 평생 동안 썼을 것이다.

다혈질이니까.

뭔가 하려고 할 때는 분명히 그 티가 날 수밖에 없으니까.

그래서 신동우는 동생이 능력이 있음에도 불구하고 안심하고 해외 진출을 노리려고 본사를 비웠다.

'하지만 그게 가면이었다면?'

다혈질이라는 가면을 쓰고 뒤에서 조용히 움직이면, 사람들에게 보이는 것은 다혈질이라는 드러난 성격뿐이다.

"무서운 놈이군."

"네?"

"신동성 말입니다, 그 다혈질의 모습은, 보여 주기 위한 가면일 겁니다."

"그게 무슨 말씀이신지?"

아무래도 신동하는 그걸 모르는 것 같았다.

하긴, 그 다혈질이라는 가면을 쓰기 위해 가장 효율적인 대상은 신동하였을 것이다.

"생각해 보면 신동하 씨가 나름 자리를 잡았다고 해도 굳이 와서 도발을 할 필요는 없었죠."

말 그대로 작은 성공이고, 그의 입김 한 번이면 날아갈 회사였다.

그런데 굳이 와서 도발했다.

"그런데 정작 공격은 들어오지 않았고요."

"그거야 중국 쪽의 지원이 있으니까……."

"그것도 있을 수 있겠지요. 하지만 공격할 방법은 그것 말고도 많습니다."

노형진은 한숨이 푹 나왔다.

"신동우가 한국으로 가면서 간자를 심어 놓지 않았을 리 없으니까요."

분명히 신동우는 누군가가 그를 감시할 수 있게 했을 테고, 신동성은 그 다혈질의 행동으로 그들의 시선을 끌었을 것이다.

그리고 뒤에서 조용히 다른 자들을 포섭했을 테고.

"나미프로덕션은 신동성에게 넘어간 겁니다."

사장이 라인을 바꿔 탄다면 그건 본인만이 아니다.

'그러니 그렇게 속절없이 밀려 버렸지.'

나미프로덕션은 절대 큰 회사가 아니다.

사실 전쟁이 터지면 별 도움도 안 되는 곳이다.

그런데도 불구하고 신동성에게 넘어갔다.

"아마 조용히 포섭한 곳이 적지 않을 겁니다. 나미프로덕션은 그런 곳 중 하나일 테고요."

생각해 보면 당연한 일이다.

노형진이 나미프로덕션을 집어삼키려고 한 이유는 신동하가 내전에 들어가기 위해서는 내부 회사를 가지고 있어야 한다는 이유도 있지만, 그곳에 있는 접대의 기록도 필요하기 때문이다.

"신동성이 그렇게 유능한 인간이라면 그 녀석도 그걸 감안했을 겁니다. 아주 큰 곳은 아직 포섭이 안 끝났겠지만, 작은 곳 중에서도 약점이 될 만한 곳이니까."

일찌감치 포섭했으리라.

"아마 나미프로덕션의 사장은 신동성에게 돈을 약속받았을 겁니다."

신동성이 투자를 한다면 신동하의 돈은 필요가 없다.

당연하게도 말이다.

"그리고 뉴젝스가 들어간다면 나미프로덕션은 제법 쓸 만한 총이 되겠지요."

전쟁터 한복판에서 수만 명을 학살하는 핵폭탄이 될 수는 없지만, 조용히 적들을 제압하는 저격총은 될 수 있을 것이다.

"이런……. 그러면 제가 들어갈 방법은 없는 건가요?"

신동하는 당혹스러웠다.

지금까지 다른 건 몰라도 연예계에서 자신을 거절할 사람은 없다고 생각했는데.

'역시 인위적으로 성장해서 그런가?'

능력이 없는 것은 아니나 생각지 못한 사태에 어쩔 줄 몰라 한다.

노형진은 고개를 흔들었다.

"아니요. 들어갈 방법은 있습니다."

"있다고요? 하지만 신동성에게 이미 넘어갔다면서요?"

"신동성에게 넘어가 있겠지요. 하지만 전부는 아닐 겁니다."

"전부는 아니다?"

"네, 그건 너무 위험한 게임이죠."

이사진 한 명, 부장 한 명까지 모조리 넘어가 있기는 힘들다.

그 안에 신동우 파벌이 한 명이라도 있으면 누군가 누설할 수도 있으니까.

"그런 경우 가장 효율적인 방법은 그들을 통제할 수 있는 자를 포섭하는 거죠. 바로 사장."

사장을 포섭하면, 조용히 있다가 전쟁이 나면 순식간에 신동우 파벌을 잘라 버리고 사람을 채울 수 있다.

"아마 이번에 거절을 한 것도 그 사람일 테고요."

이유야 많다.

외부에서 투자할 생각이 있다고 하지만 일본에서도 투자할 자본금을 가진 사람이 있는데 굳이 중국 투자를 받을 이유는 없다고 해도 그만이다.

투자를 받는다는 것은 수익금을 나눠야 한다는 것이고, 일반적인 사람이라면 그 돈이 타국으로 가기보다는 자국 내에

남기를 원할 것이다.

"그러니 투자를 거절하는 이유로는 합당할 겁니다."

노형진은 신음을 내면서 말했다.

"아무래도 그 인간부터 쳐 내지 않으면 우리 계획이 좀 복잡해지겠는데요."

생각지도 못한 문제가 발을 잡고 있었다.

⚖️

나미프로덕션의 사장은 이시하라 스즈쿠라는 사람이었다.

그리고 그의 연혁을 보면서 노형진은 그가 신동우가 심은 사람이라고 확신을 했다.

"이쪽으로 전혀 경험이 없네요."

나미프로덕션의 사장으로 오기 직전 그의 업무는 주로 건설 계통이었다.

그러던 중 갑자기 나미프로덕션으로 넘어오면서 사장이 되었다.

"이상한 일이군요."

"이상한 일이네요."

신동하도 이해가 되지 않는 표정이었다.

그가 이 업계에서 일한 기간이 긴 것은 아니지만, 그렇다고 해서 일반적인 상식이 없는 건 아니었다.

"이 업계는 사기꾼도 많지만 일단은 경험이 많은 사람이 하는 경우가 많은데요."

그럴 수밖에 없다.

기본적으로 인맥을 이용해서 방송을 하는 것이 보통이니까.

"그 인맥이 필요 없다면 이야기가 달라지지요."

"네?"

"이시하라 스즈쿠의 원래 직책을 보면 말이죠, 건설 회사에서 영업 팀의 부장이었습니다. 한국과 일본은 상당 부분 닮아 있으니⋯⋯."

한국에서는 건설 회사 영업 팀이라고 하면 접대하는 곳이라고 생각하면 된다.

아파트 한 채만 지어도 나오는 돈이 어마어마하니까.

허가를 받기 위해서는 당연히 여러 사람들에게 접대를 해야 한다.

"그리고 급이라는 게 있지요."

일반적인 영업 팀의 사원이 높은 사람에게 소위 말하는 영업을 걸 수는 없다.

당장 일반 사원이 시장급 이상의 공무원에게 영업을 건다는 것은 명백하게 그 상대방을 철저하게 무시하는 행동이다.

"아, 그래요?"

"네, 간단한 거죠. 생각해 보세요. 일본 총리가 미국을 갔는데 미국에서 외교부 직원 아무나 보내서 환영한다고 하면 일본은 어떻게 받아들이겠습니까?”

“아아.”

그 정도 급이라고 하면 아무리 낮추고 낮춰도 차관급 이상의 공무원이 나서서 환영 행사를 진행해야 한다.

그러지 않는다는 것은 상대방에게 엿 먹어 보라는 소리나 마찬가지다.

“건설 회사의 부장급이라면, 한국으로 치면 한 지역의 시장급 정도의 인맥은 가지고 있는 거죠.”

물론 국회의원 같은 사람들에게 맞추기에는 급이 낮다.

그런 급은 일반적으로 최고위 라인인 이사가 접대를 진행하는 것이 보통이다.

“원래 있던 회사가 엔티도건설인데…….”

노형진은 엔티도건설의 자료를 찾아봤다.

“엄청나게 큰 회사군요.”

“그게 중요한가요?”

“중요하죠. 미국과 한국의 차관이 같지는 않으니까.”

가령 한국의 차관이 미국에 간다면 절대 미 대통령과 접견은 못 한다.

소위 말하는 급이 안 되는 것이다.

당연하게도 실무자 협상 정도만 진행한다.

“하지만 미국의 차관이 오면 한국의 대통령과 종종 독대를 하기도 하지요.”

같은 국가이기는 하지만 실질적으로 미국과 한국의 국력이 다르기 때문이다.

마찬가지로 한국의 차관이 가난한 나라에 간다면 그곳에서는 그 나라의 대통령과 독대를 할 수 있다.

"엔티도건설은 대동의 계열사입니다."

그리고 일본에서도 상당한 규모의 건설사다.

한국은 일본을 상당수 따라 했고, 그 부분은 건설도 마찬가지다.

"한국이나 일본이나, 건설사가 가지는 파워가 강하다는 거죠."

그리고 엔티도건설은 최고급 라인은 아니라고 하더라도 50대 건설 안에 들어갈 정도의 기업이다.

일본이라는 거대한 국가에서 50위권의 건설사의 힘은 절대 작은 게 아니다.

"그 말은, 그 정도 회사의 부장급이면 시장급을 넘어선, 각 정치집단의 실무자들 정도까지는 접근할 수 있는 사람이라는 거죠."

국회의원으로 치면 초선 의원 정도는 접근할 수 있다.

"그런 힘을 가진 자리에 있던 사람이 갑자기 그만두고 연예 기획사에 온다? 그건 말도 안 되죠."

엔티도건설의 부장급과 이런 작은 연예 기획사의 사장은 비교도 할 수 없는 수준이다.

"인맥이라……. 딱 맞는 인맥이군요."

"딱 맞는 인맥요?"

"네. 소위 말하는 일본의 아이돌, 그것도 성공하지 못한 아이돌의 접대 가능 범위가 어디까지일까요?"

"어디까지일까라고 한다고 하면…… 초선 의원 정도?"

공교롭게도 그 접대의 비중이 딱 겹친다.

"그리고 이시하라 스즈쿠의 임금이 어마어마하네요. 부장 때보다 더 많아요. 이해가 갑니까?"

총자산이 고작 50억밖에 안 되는 기획사의 사장 연봉이 2억이 넘는다.

말도 안 되는 수준이다.

"대충 상황을 알겠네요."

그가 온 이유는 접대를 위해서다.

아무래도 자신들이 연예인을 부른다고 해도, 건설사에서 전혀 상관없는 연예 기획사에 애들을 보내라고 하는 것은 말이 안 된다.

그러기 위해서는 누군가 그들을 보낼 사람이 있어야 한다.

"그게 이시하라 스즈쿠라는 거군요."

신동하는 알겠다는 듯 고개를 끄덕거렸다.

"네."

"그러면 이시하라 스즈쿠는 어째서인지 신동우를 배신하고 신동성에게 넘어갔고……."

그 이유는 알 수 없다.

안다고 해도 그다지 도움이 될 것 같지는 않았다.

'이미 약점이 잡혔을 테니까.'

난데없이 아침에 일어나서 '이제부터 신동성 라인에 줄 서야겠다.'라고 생각할 리 없으니 변한 것이 있을 것이다.

"변절이라는 것은 조건 때문에 하는 경우도 많지만 보통은 채찍 때문에 하는 경우가 많지요. 아니, 둘 다라고 해야 할 겁니다."

단순히 조건 때문에 하는 거라면 그걸 보고할 가능성 또한 높아진다.

'신동성이 저에게 접근했습니다.'라고 보고하면 자신의 충성심도 증명하고 그 조건에 맞춰서 연봉도 올려 줄 테니까.

"보통은 치명적 약점을 걸고넘어지면서 동시에 당근을 내밀어서 넘어올 수밖에 없도록 하죠."

"그러면 우리도 그 약점을 찾으면 그가 우리한테 넘어오지 않을까요?"

신동하의 말에 노형진은 고개를 흔들었다.

"애석하게도 그럴 가능성은 없지요."

신동성이 잡은 약점, 즉 신동우는 모르지만 신동성은 알고 있는 일이라는 의미다.

그 말은, 신동성에게는 약점이 아니라는 거다.

"그런 상황에서 누군가 그 약점을 물어뜯으면 이시하라 스즈쿠는 신동성에게 보호를 요청하게 될 거라는 거죠."

그러면 신동성과 신동하의 싸움이 되어 버린다.

"우리의 목표는 신동성과 신동우가 싸우게 하는 겁니다."

거기에 전면적으로 싸우기에는 신동하에게 너무 힘이 없다.

"그러면 어쩌죠? 약점을 캐서 신동우에게 넘길까요?"

"글쎄요. 그런다고 해도 효과가 있을까요?"

그것도 물론 방법이기는 하다.

하지만 효율적인 방법은 아니다.

두 사람이 서로를 견제하는 순간 신동하에게도 견제가 들어오기 시작할 테니까.

"우리는 뒤에서 투자를 통해 회사만 먹어야 합니다. 전혀 그 비밀에 관해서 알아차렸다는 흔적 없이요."

그래야 신동하는 감추고 회사는 집어삼킬 수 있다.

외부에서 보면 투자를 한 곳은 중국이니까.

"하지만 저 대신에 싸울 수 있는 사람이 있을 리 없지 않습니까? 나미프로덕션 내부에 사람이 있는 것도 아니고."

"내부에 사람은 없죠. 하지만 내부에 있던 사람은 있을지도 모르겠군요."

"내부에 있던 사람?"

"네."

노형진은 나미프로덕션의 기록을 살펴봤다.

이시하라 스즈쿠가 부임한 것은 3년 전.

그 전까지 나미프로덕션은 계속 성장세였다.

그러나 이시하라 스즈쿠가 오는 순간 성장이 멈췄다.

'당연한 건가?'

접대를 위해 만들어진 조직이 성장해 버리면 더 이상 접대용으로 쓰지 못하게 되니까.

그러니 딱 원하는 규모까지만 성장시킨 것이다.

"그런데 왜 사장이 바뀌었을까요?"

"네?"

"생각을 해 보세요. 그가 오기 전에, 전 사장은 충분히 능력을 발휘했습니다. 회사를 상승세로 이끌었죠. 그런데 어째서인지 바뀌었습니다."

"아까 말씀하신 게 그러면……?"

"원래 같이 고생한 사람은 같은 마음이기 마련이거든요."

그리고 그런 사장이 나갔다고 해도 내부에 남은 직원들은 그를 잊어버리지 않았을 것이다.

"신도 하스케. 이 사람을 한번 만나 봐야겠군요."

⚖

신동하의 사무실.

김이 모락모락 올라오는 따뜻한 커피를 받으며 남자는 눈치를 살폈다.

신도 하스케.

나미프로덕션의 원래 사장이었다.

나미프로덕션을 만들고 5년간 충실하게 이끌었으며 3년 전 해직당했다.

원래 매니저 출신이었고 이 업계에 대해 잘 아는 사람이었다.

지금은 동네에서 작은 가게를 하고 있었다.

그는 노형진을 보면서 조심스럽게 입을 열었다.

그럴 수밖에 없는 게, 아무리 은퇴했다고 하지만 그래도 신동하의 이름을 주워들을 정도의 정보력은 있을 테니 말이다.

"사정을 알고 싶으시다고요?"

"네. 대기업이 엔터테인먼트 쪽에 들어가는 경우는 드물거든요."

사실 한국도 마찬가지다.

대기업은 엔터테인먼트 분야에 들어가지 않는다.

물론 대기업들이 관심을 가지지 않는 것은 아니다.

하지만 대기업의 특성상 필연적으로 소속 연예 기획사를 통한 성 상납 이미지가 만들어질 수밖에 없기 때문에 웬만해서는 들어가지 못하는 것이다.

'대룡의 경우도 계열사인 엔터테인먼트가 조합에 속해 있으니까.'

대룡의 경우는 기본적으로 성 상납 등 불법적 홍보를 철저하게 금지한 엔터테인먼트조합에 속해 있고 그 내용을 투명하게 공개하는 형태이기 때문에 그나마 안착한 거다.

대기업이 못 들어올 것은 아니지만 엔터테인먼트조합의 실질적인 회장은 대룡이고, 그 안에 들어가야 믿음이 간다는 구조상 다른 대기업은 자존심이 상해서 조합에 들어가지 않는다.

그래서 차명으로 운영하는 곳이 존재하기는 하지만, 나미 프로덕션처럼 아예 계열사로 등록된 것은 없다.

"일본도 아예 계열사를 등록하는 경우는 드문데 말이죠. 그런데 어째서 상황이 이렇게 된 건지 궁금하군요."

"그건……."

신도는 길게 한숨을 내쉬었다.

하긴, 그의 지금 상황을 봐서는 그가 원해서 이렇게 된 게 아닌 것 같았다.

"원래 나미프로덕션은 대동이 만든 게 아닙니다."

"그건 알고 있습니다."

대동이 그들을 집어삼킨 것은 4년 전.

그러니까 그가 해고되기 1년 전이었다.

"제가 키우는 아이 중에 아즈사 미아라는 아이가 있었습니다."

노형진은 슬쩍 신동하를 바라보았다.

그는 아즈사 미아가 누군지 모르기 때문이다.

다행히 아즈사 미아라는 이름을 신동하는 알고 있었다.

"기억납니다. 중학교 3학년인가 그랬죠? 아, 맞다."

그는 뭔가 생각난 듯 핸드폰을 꺼내서 아즈사 미아라는 이름을 검색했다.

그러자 몇 개의 지역신문 뉴스가 떴다.

"이런 아이였습니다."

"중학교 3학년 아이가 뉴스에도 떠요?"

"지역에서는 엄청나게 유명한 아이였거든요. 재능이 있었달까요?"

"그래요?"

한 지역에서는 상당한 이름을 가지고 있는, 재능이 있는 아이.

지역 아이돌이라 해서 지역별로 활동하다가 천천히 메이저인 방송으로 나가는 일본의 아이돌 데뷔 구조의 특성을 생각하면 제법 가능성이 있는 아이였다.

"지역 언론에도 몇 번 나가고 잡지에도 몇 번 나가고, 하여간 나름 유명했죠. 그런데 어느 순간 사라졌는데……."

신동하는 신도 하스케를 바라보았다.

신동하는 그때는 연예계에 관심은 있으나 일을 하는 상황은 아니었기 때문에 그녀에 대해서 기억은 할지언정 자세한 사정은 몰랐기 때문이다.

"지금은 편의점 알바를 하고 있습니다."

"그 애, 재능이 출중했던 것 같은데요?"

신동하 개인의 의견이 아니다.

주변에서 다 그렇게 이야기했으니까.

"그게……."

씁쓸하게 웃던 신도 하스케는 사실대로 말했다.

어차피 자신은 은퇴했고 해직당했다.

이제 돌아갈 길도 없고.

"야쿠자들이 손을 뻗었습니다."

"아……."

당연하다면 당연한 거다.

폭력 조직의 힘이 상당히 빠져 버린 한국과 다르게, 일본의 연예계는 메이저급이 아니면 야쿠자들의 힘이 강하니까.

"아즈사 미아는 가능성이 있었습니다. 네, 저도 그 애는 메이저가 될 수 있다고 확신했으니까요."

그것도 흔하지 않은 솔로 여가수로 말이다.

노형진은 살짝 놀랐다.

'일본에서 솔로 여가수라고?'

지금의 한국도 마찬가지지만, 일본도 기본적으로 아이돌 구조를 가지고 있다.

당연하게도 말이다.

솔로로 활동하는 가수들도 대부분 처음에는 단체 아이돌로 시작했다가 실력이 쌓이고 인지도가 높아지면 솔로로 전향한다.

하지만 시작부터 압도적인 실력에 외모가 된다면 굳이 그럴 필요는 없다.

말 그대로 처발라 버릴 수 있으니까.

'한국에서도 가끔 그런 가수들이 있지.'

그런 아이가 성장하는데 야쿠자가 관심을 가지지 않을 리
없다.

연예계에서 잔뜩 뜯어먹다가 이제 슬슬 안 팔릴 때는 협박
을 통해 AV 하나 찍으면 대박 나니까.

"신고는 해 보셨습니까?"

"해 봤지요. 안 해 봤겠습니까?"

경찰에 신고도 해 봤고, 정치인 사무실에도 찾아가 봤으
며, 야쿠자들에게 두들겨 맞아 가면서 읍소도 했다.

"하지만 누구도 도와주지 않더군요."

"그랬겠지요."

일본의 낮은 일본 정부가 지배하지만, 밤은 야쿠자가 지배
한다.

브라질처럼 서로 싸우는 관계도 아니고 아예 공생 관계다.

그러니 그가 신고한다고 한들 누군가 그들을 도와주었을
가능성은 없다고 봐도 무방하다.

"그런데 제 회사를 사고자 한 사람이 있었습니다."

"설마 대동입니까?"

"네. 신동우라는 분이었지요."

노형진은 머리를 부여잡았다.

신동우는 대동의 장자이며, 당연하게도 대동급의 회사가 야쿠자와 관련이 없을 수 없다.

"당했군요."

"당했다니요?"

신동하는 어리둥절한 표정이 되었다.

신동우가 나타난 것과 당한 게 무슨 관계가 있단 말인가?

노형진은 씁쓸한 목소리로 신동하에게 말했다.

"아마 야쿠자가 움직인 것 자체가 신동우의 명령에 의해서 였을 겁니다."

"헐?"

신동하는 놀란 표정을 지었다.

신도 하스케는 노형진의 그런 말에 약간 씁쓸하게 말했다.

"바로 알아차리다니 대단하십니다. 저는 당할 때까지 몰랐는데요."

"뭐, 신동우, 아니 대동에 대해 좀 아니까."

어떤 방법으로든 회사를 위기로 몰아가고, 그 후에 집어삼키는 전략.

그건 단순히 돈만 쓰는 방법이 아니다.

경찰이 적대적이라면 폭력을 쓰기 힘들지만, 다른 곳도 아닌 일본에서 경찰이 적대적일 리 없다.

"그리고 신도 씨는 아마 아즈사 미아를 지켜야 한다고 생각했을 테니까요. 그리고 그 방법 중 가장 좋은 건 더 강한

자의 보호 아래로 들어가는 거죠. 가령 대동이라든가."

"정확하십니다."

"나쁜 새끼들."

막 성장하던 곳에서, 아즈사 미아는 미래를 위한 조커 카드였다.

그리고 그 애를 지켜야 미래가 있을 거라고 생각한 신도는 회사를 대동에 넘겼다.

"그런데 왜 그 애가 사라진 거죠? 그렇게까지 지키려고 하신 거라면?"

고개를 갸웃하는 신동하.

노형진은 대충 알 것 같았다.

"솔로로 다른 아이돌을 압도적으로 이길 수 있다는 것은 단순히 노래의 영역만의 문제가 아니니까요. 사진을 보면 알겠지만."

"아아……."

아즈사 미아는 확실히 다른 아이돌들과 달랐다.

예쁘다? 귀엽다?

물론 그런 거라면 이해가 간다.

하지만 그런 작업을 하면서까지 손에 넣으려 할 정도는 아니다.

아즈사 미아는 단순히 예쁘거나 귀여운 느낌이 아닌, 몽환적이라는 표현이 더 어울리는 아이였다.

마치 성스러운 느낌을 가지고 있는.

"연기도 잘하겠네요. 중학교 3학년이 이 정도면 미래가 찬란하겠네요."

"에? 그걸 어떻게 아셨습니까? 연기 재능도 대단했지요."

신도 하스케는 깜짝 놀랐다.

지금 노형진은 아즈사 미아에 대해 전혀 몰랐다.

그런데 단순히 사진 하나만 보고 연기도 잘했다는 것까지 알아내다니.

"시선 처리나 눈빛을 보면 알죠."

노형진은 머리를 긁적거렸다.

그도 좀 주워들은 게 있었으니까.

"생긴 것도 소위 말하는 몽환적인 느낌이 강합니다. 하지만 그런 느낌을 표현하는 것은 단순히 생김새만의 문제는 아니죠. 그런 표정을 지을 줄 알고 그런 눈빛을 만들 줄 알아야 합니다. 귀엽게 예쁘게라는 단어는 정형화되어 있고 이미지 잡기 쉽습니다. 하지만 몽환적? 애매하죠. 눈빛이야 어떻게 한다고 해도, 얼굴근육까지 써 가면서 이렇게 표현하는 건 완전히 프로 중의 프로죠. 한국의 연기자들도 몽환적이라는 표현은 잘 못하니까. 그런 건 경험 많은 배우들도 연습하고 또 사회를 겪으면서 만들어지는 건데, 연기 경험도 없는 중 3짜리가 이 정도면 재능이 거의 세계 레벨로 가야 할걸요."

그런데 아즈사 미아는 그걸 할 줄 알았다.

뉴스에 있는 이 사진이 그녀의 데뷔 초기에 찍은 것임을 감안하면 타고났다고 봐야 한다.

"맞습니다. 대단했지요."

노형진은 회귀 전에 봤던 다큐멘터리가 기억났다.

일본 특유의 아이돌 문화에 대한 문화적 접근을 했던 다큐였다.

'주제가 특이해서 찾아봤지.'

그리고 거기서 나온 말 중의 하나가, 다신교 국가인 일본의 문화에서 아이돌이라는 존재는 애정의 대상임과 동시에 숭배의 대상이기도 하다는 것이었다.

쉽게 말해서 단순히 가상 연애의 대상을 넘어서 일종의 신관 같은 존재로서 대해지는 부분도 있다는 것.

'그게 맞는지는 몰라. 하지만 그런 느낌이 있다는 거지.'

그리고 그게 맞는다면, 아마 이러한 이미지의 아즈사 미아는 압도적인 숭배자들을 모으게 될 것이다.

말 그대로 데뷔만 한다면 성공이 확정된 미래가 펼쳐진다는 소리다.

"그런 애들이 정치인 눈에 들어오지 않을 리 없지."

총자산이 50억.

그나마도 그때는 그 정도 가치도 없었을 테고, 야쿠자의 위협에서 벗어나기 위해 헐값에 넘겼을 테니 대동 입장에서는 말 그대로 푼돈이었을 것이다.

"처음에는 야쿠자의 손에서 벗어난 줄 알고 좋아했습니다. 하지만……."

"무슨 뜻인지 알겠습니다. 한국에서는 그런 경우를 늑대를 피하려다가 호랑이 굴로 들어갔다고 하죠."

야쿠자들은 더 이상 손을 대지 않았을 테지만 대신 대동에서 압력이 들어오기 시작했을 것이다.

"정치인들이 부르기 시작했겠군요."

고작 중학생이지만 정치인들이나 권력자들 입장에서는 그다지 문제가 안 될 것이다.

오히려 그래서 더 눈이 뒤집어졌을 수도 있다.

"어떻게 해서든 막으려고 했습니다. 그럴 수는 없었으니까요."

"무슨 뜻인지 알 것 같네요."

아즈사 미아의 이미지는 말 그대로 몽환적이고 성스러운 느낌이 강하다.

단순히 예쁜 정도가 아니다.

그런데 이러한 경우, 추문이 터지면 그 이미지의 특성상 절대로 재기할 수가 없다.

"하지만 압력이 너무 강해져서…… 제가 임의로 계약 해지를 했습니다. 지켜 줄 수 있는 다른 곳으로 가라고."

노형진은 그 말을 듣고 눈을 찌푸렸다.

상황이 대충 이해가 갔다.

그로서는 아즈사 미아를 지키기 위해 한 행동이었을 것이다.

그러나 대동과 신동우는 그녀를 이용해서 성 접대를 하기 위해 회사를 집어삼킨 것이니 회사가 쭉정이가 되어 버린 판이다.

"아마 그때쯤 해직당하셨겠군요."

"네, 정확하게 그때죠."

아즈사 미아의 입장에서는 한번 약점 잡히면 평생을 끌려다닐 수밖에 없을 테니까.

차라리 그녀를 지켜 줄 수 있는 다른 곳에 가는 것이 더 나았을 것이다.

"하지만 대동의 입김을 벗어날 수는 없을 테고."

노형진은 머리를 절레절레 흔들었다.

당연히 다른 곳에서 데뷔하는 것은 불가능했을 것이다.

물론 그녀가 성 상납을 각오했다면 할 수는 있었을 테지만……

"아즈사 미아도 안 한다고 한 거군요."

"네."

그녀는 신도 하스케의 조언에 따라 아예 계약서에 해당 내용을 넣기를 원했고, 당연히 다른 곳은 거절했다.

"그래서 데뷔는 물 건너갔고 신도 씨는 잘린 거고, 어차피 집어삼킨 회사니까 그래도 성 상납용으로는 써먹은 거고."

노형진은 머리를 긁적거렸다.

"아니, 성 상납을 위해 회사를 집어삼킨다는 게 이해가 안 가는데요."

"이해가 안 가지요? 하지만 생각보다 그게 돈이 되거든요."

"그게 무슨 의미입니까? 전 아무래도 이해가 안 갑니다. 고작 한 명의 여자아이일 뿐인데요."

신동하는 전혀 감을 잡지 못하는 표정이었다.

그럴 것이다.

그가 아는 건 아직 연예계뿐이니까.

"당장의 가치가 문제가 아니죠."

아즈사 미아는, 노형진이 봐서는 분명 뜰 수 있는 아이였다.

지금의 성 상납 자체는 큰 값어치가 없겠지만 뜨고 나서는 이야기가 달라진다.

"실제로 모 연예인이 하룻밤을 보내는 조건으로 3억 정도의 스폰을 제의받았다고 하지요. 그것도 한국에서 10년 전에요."

"헉!"

유명해지면 몸값이 올라가고 찾는 사람도 많아지며, 그들이 접대를 받고 해 줄 수 있는 일도 많아진다.

그에 반해 아즈사 미아의 경우 땡전 한 푼 받을 수가 없다.

치명적 약점을 잡혀 있으니까.

"당혹스럽네요."

"흔한 일이죠. 거기에다 그 당시에 중학교 3학년밖에 안 되었으니까 아주 긴 시간 써먹을 수 있었을 테고."

노형진은 고개를 주억거렸다.

그런 경우는 생각보다 많다.

한국에도 많은데 일본에 그런 일이 없을 리 없다.

"그래서 포기하고 현재는 알바를 한다라……."

"네."

노형진은 탁자를 톡톡 두들기면서 곰곰이 생각에 빠졌다.

'그래, 이건 뭔 상황인지 알겠어. 하지만 좀 잔인하게 말하면 나랑 상관없는 일인데.'

아즈사 미아가 능력이 있고 없고는 사실 신도 하스케가 잘린 이유를 추적하다가 나온 것뿐이지, 지금 자신들과 관계있는 일은 아니다.

그런데도 신도 하스케가 그 이야기를 꺼낸 것은 원하는 바가 있기 때문이다.

'바보는 아니라는 건가? 하긴, 제로에서 시작해서 5년간 기업을 잘 이끈 사람이야. 대동이 아니었다면 더 컸을 테지.'

그런 사람이 바보는 아닐 것이다.

지금은 눈치를 보고 있지만, 그것과 자신이 바라는 것을 요구하는 것은 전혀 다르다.

'특히나 일본 사람들의 특성을 생각하면 말이지.'

직접적으로 이야기하기보다 간접적으로 이야기하는 것이 좋다고 생각하며, 다른 사람 앞에서 극도로 예의를 지키고 상대방 기분부터 챙기는 것이 일본인이다.

그런데 그가 이런 식으로 이야기한다는 것은 그 안에 원하는 내용이 있다는 것이다.

　'3년 전이라……. 뻔하기는 하네.'

　아즈사 미아를 언제 만났는지 모르겠지만, 뉴스에 나온 나이를 기준으로 삼는다면 지금 고 3이 되었을 것이다.

　그리고 분명 신도 하스케는 편의점에서 일하고 있다고 했다.

　'그건 계약 해지 이후에도 연락하고 있다는 의미지.'

　이미 그쪽에서 은퇴해서 작은 가게를 하는 신도 하스케가, 3년 전에 계약 해지를 한 아이와 아직도 연락을 한다?

　단순히 우연일까?

　'그럴 리 없지.'

　자기 회사를 차릴 정도로 야망이 있는 사람이 단순히 가슴 아파서 연락을 주고받을 리 없다.

　'압도적 재능이라 이건가?'

　재기하게 된다면, 그녀만 잡을 수 있다면 재기가 어렵지 않을 거라는 계산일 것이다.

　일본인들은 웃으면서 양보할지언정 실익은 꼼꼼하게 챙기는 편이니까.

　필요한 것은 대동과 야쿠자의 힘으로부터 그녀를 보호할 수 있는 존재였다.

　지금까지 그런 존재가 없었지만, 이제는 생겼다.

대룡과 신동하.

'아오, 하여간 일본 애들이랑 협상하려면 머리에서 쥐가 난다, 쥐가 나.'

노형진은 고개를 흔들어서 머릿속을 정리했다.

'뭐, 그쪽이 일본식 협상법을 들고 나온다면 나는 한국식이다. 다급한 건 저쪽이지 우리가 아니니까.'

아무리 그녀가 나이가 어리다고 하지만 이제 고 3, 일본의 문화를 생각하면 데뷔가 이른 것도 아니다.

즉, 나이를 더 먹으면 재기고 뭐고 물 건너간다는 소리.

"그래서, 조건이 뭡니까?"

"네?"

"우리가 만나자고 한 이유를 모르지는 않으실 텐데 아즈사 미아의 이야기를 꺼낸 걸 보니 그녀의 데뷔가 조건인 것 같군요. 아닌가요?"

노형진이 대놓고 찌르자 당황하는 신도 하스케.

'그럴 줄 알았다.'

노형진의 예상대로 신도 하스케는 한국식의 직설 화법을 잘 몰랐다.

"그래서 어떤 조건을 다시겠습니까?"

"아니, 그게…….."

"그렇게 원하시니까, 제가 아즈사 미아 씨를 데리고 가지요. 확실하게 데뷔시키겠습니다."

"아니…… 저기, 그게 아니라…….."

그는 당황해서 허둥거렸다.

그럴 수밖에 없다.

그 말은 그에게서 아즈사 미아를 빼앗아 간다는 의미니까.

'어디서 작업질이야.'

그가 없다고 해도 그녀를 데리고 가는 건 어렵지 않다.

물론 신도가 원한 것은 자신 아래서의 데뷔일 테지만.

'일단 흔든다.'

노형진은 그런 그를 더욱 가열차게 흔들었다.

"나이가 있으니 기회가 생기면 당연히 데뷔하려고 하겠지요. 말씀하신 정도의 재능이면 연습생 기간은 길지 않겠네요. 좋습니다. 어려운 부탁도 아니니 받아들이죠. 그 대신, 들어서 아시겠지만, 이시하라 스즈쿠의 이야기를 해 주셔야 합니다."

"저기, 그건 말씀드리겠습니다."

"그러면 바로 이야기를 진행하죠."

"계약이……."

"무슨 계약요? 아즈사 미아의 계약은 그쪽을 찾아가서 할 겁니다. 이시하라 스즈쿠의 이야기는 계약서를 쓸 만한 내용은 아닌 것 같은데요?"

바로 달려드는 타입의 협상 방식에 당황해서 어쩔 줄 몰라 하는 그를 보면서 노형진은 타이밍을 잡았다.

"50억."

"네?"

"당신과 당신의 회사에 50억. 그리고 아즈사 미아는 그 소속으로 둔다. 대신에 회사는 대룡의 계열사로 둔다."

노형진의 짧은 공격에, 신도 하스케는 눈을 데구루루 굴렸다.

"싫으면 협상 파기고."

"아니, 그건 좀……. 시간을 좀 더 주시면……."

"그러면 우리 거래는 여기서 끝입니다. 우리도 다급하게 이시하라를 공격해야 해서 말이죠."

여전히 어쩔 줄 몰라 하는 신도 하스케.

'어디서 작업질이야, 작업질이.'

일본인과 협상을 할 때는 절대 그들의 공손함에 속아서는 안 된다.

그들은 그 안에서 자기 실익은 모조리 챙기는 사람들이다.

"하루라도 시간을 주시면……."

"아니요. 여기서 결정하세요."

시간을 주면 나가는 즉시 아즈사 미아에게 전화를 걸어서 이쪽 협상에 응하지 말라고 할 것이다.

그리고 당연하게도 아즈사 미아는 오래 알고 지냈던 신도 하스케의 말에 따를 것이고.

"조금만 더……."

"45억!"

"네?"

"제가 바보로 보입니까? 당신이 불쌍하다고 여기서 질질 짜면 내가 내 돈 가져가세요, 그럴 것 같아요? 어차피 대동 때문에 데뷔는 물 건너간 것 같은데, 아닌가요?"

"……."

"40억 드리지요."

시간이 지날수록 줄어드는 돈에, 신도 하스케는 다급하게 두 손을 들었다.

"50억! 그 정도면……."

"35억!"

"하지만 아까는 50억이라고 하셨잖습니까!"

"30억."

신도 하스케는 당황했다.

물론 자존심도 상한다.

하지만 노형진의 말이 맞다.

지금 기회를 놓치면 더 이상 기회는 없다.

대동과 싸우면서 투자할 곳은 없으니까.

"아…… 알겠습니다."

노형진은 씩 웃었다.

그리고 그에게 살짝 당근을 내밀었다.

"좋습니다. 홍보 포함 40억 하죠."

"홍보요?"

"네. 아즈사 미아는 아직 안 되지만, 회사 자체의 이름을 일간지 전면에 올려 준다."

"헉!"

그건 절대 작은 돈이 드는 일이 아니다.

그것만 해도 자본이 날아갈 정도다.

"물론 방법은 우리가 선택합니다."

"그 조건이라면……."

그 정도 홍보에 자본금 40억이면 상당한 투자다.

신도 하스케는 고개를 끄덕거렸고, 잠시 후 계약서에 도장을 찍었다.

"좋습니다. 이제 본론으로 들어가죠. 이시하라 스즈쿠가 왜 신동우에게서 신동성에게로 넘어간 겁니까?"

"그런 건 잘 모릅니다만……."

"하지만 아예 모르지는 않으실 텐데요?"

시기를 보면 분명 두 사람이 겹치는 때가 있다.

당연하다면 당연하다. 이시하라를 낙하산으로 보냈다고 해도 인수인계는 해야 하니까.

"횡령은 아닐 겁니다. 성 상납도 아닐 테고요. 신동우가 그를 용서하지 못할 정도의 문제일 것입니다."

횡령을 하기에는 회사의 규모가 너무 작다.

회사의 특성상 이시하라 스즈쿠가 몇몇 연예인이나 연습생을 잠자리로 불렀을 수도 있지만, 신동우가 그를 내칠 정도는 아니다. 그를 따로 낙하산으로 보낼 정도면 어느 정도의 믿음은 있었다는 뜻일 테니까.

"그건 저도 잘……."

"잘이 아니라, 아셔야지요."

"짧은 기간만 있었기 때문에……."

눈을 데굴데굴 굴리던 신도 하스케는 뭔가 생각난 듯 입을 열었다.

"알 만한 사람이 있습니다."

"누구죠?"

"경리계에서 일하던 사람입니다. 창립 멤버이기도 하고, 아직 회사에 다니고 있습니다. 회사 내에서도 분위기 메이커였지요."

즉, 마당발이라는 거다.

"무슨 소문이 있다면, 그녀라면 알고 있을 겁니다."

"시간이 얼마나 걸리겠습니까?"

"닷새, 아니 사흘이면 알아낼 수 있습니다."

노형진은 고개를 끄덕거렸다.

"그러면 사흘 후를 기대하지요, 후후후."

⚖️

얼마 후 신도 하스케는 관련 정보를 가지고 왔다.

"역시 가지고 왔네요. 과연 어떤 정보이기에 이시하라가 배신을 한 건지 한번 봅시다."

노형진은 봉투를 꺼내며 말했다.

보고 있던 신동하가 문득 고개를 갸웃하며 물었다.

"그런데 말입니다, 전에 그 신도 하스케에게 겁을 준 건 어떻게 한 겁니까?"

"겁요?"

"네, 그 협상한 거 말입니다."

"뭐. 어차피 나갈 돈이니까요."

만일 그가 돈을 달라고 했다면 자신들은 줘야 한다.

하지만 그는 보호를 요구했다.

"그러면 상황이 바뀌는 겁니다. 이쪽이 갑이고 저쪽이 을이 되는 거죠."

"그래서 후려친 겁니까?"

"후려친 건 아니고, 일단 기회만 준 겁니다."

"기회요?"

"네. 그가 일단 외부적으로 선한 사람인 것 같지만, 아시잖습니까? 일본인은 가면을 쓰는 데 능숙하죠."

"아아."

"만일 재기 계획이 없었다면 아즈사 미아에게 계속 연락했을 리 없죠."

즉, 그도 필요에 의해서 아즈사 미아와 연락을 주고받은 것이다.

"그런 사람이 마냥 착하다고 할 수는 없죠. 그러니 그를 통제할 방법이 필요했습니다."

"그래서 그 조건이 대룡의 계열사로 들어가는 거군요."

"정확하게는 대룡 엔터테인먼트의 일본 지사가 될 겁니다만."

그건 상관없다.

그 이후에 일을 제대로 하는지 여부는 그의 능력이다.

"그런데 각 뉴스 1면에 어떻게 띄우신다는 건지 모르겠습니다. 투자금이 40억인데 그 정도로 광고를 한다면 그 이상 들 겁니다."

"광고는 그렇게 하는 게 아니죠. 그건 나중에 알게 되실 겁니다, 후후후."

노형진은 미소를 지면서 봉투를 열었다.

"제대로 된 보고서는 아니군요."

사실 보고서라고 볼 수도 없다.

그냥 회사 내부에 있는 소문을 정리해 둔 것뿐이었다.

"이것도 아니고…… 저것도 아니고……."

온갖 쓰잘머리 없는 소문으로 가득했다.

누가 누구랑 불륜이다, 이시하라가 연습생 누구랑 잠자리를 했다더라 등등의.

"이 정도로는 이시하라가 신동우를 배신하기 힘들 텐데요."

노형진은 그렇게 넘기다가 마지막 장에서 멈췄다.

"유키 미코가 임신 후 사라졌다?"

노형진의 말에 신동하는 유키 미코라는 이름을 검색했다.

그리고 어렵지 않게 그녀에 대한 정보를 찾을 수 있었다.

"전에 나미프로덕션에서 활동하던 가수입니다. 아이돌로 활동하다가 사라졌네요. 2년 전쯤부터 뉴스가 없는 걸 보니까요. 그리고 비슷한 시기에 그룹도 해체했고."

노형진은 그 소문이 적혀 있는 종이에서 시선을 떼지 못했다.

'다른 뉴스는 위협이 될 만한 게 없어. 하지만 임신이라……'

성 접대를 하는 회사다.

그중에는 분명 피임을 제대로 안 한 놈도 있었을 것이다.

'이거군.'

단순히 성관계를 하는 거야 흔적이 남지 않으니까 문제가 안 된다.

하지만 임신, 즉 아이를 가졌다면 전혀 다른 문제다.

"특히나 그 아이의 아빠가 힘을 가진 사람이라면 더더욱 말이지요."

아무리 정치가 개판이라고 하지만 아이돌과의 관계에서 사생아를 가진 정치인의 정치 인생은 끝장난다고 봐야 한다.

"그리고 그런 리스크를 관리해야 하는 게 이시하라 스즈쿠죠."

신동하도 눈치 빠르게 알아차렸다.

그런데 소문은 유키 미코가 쫓겨났거나 그룹이 해체되었다는 게 아니라 사라졌다는 내용이었다.

즉, 리스크 관리 실패.

"아이를 지우는 걸 거부한 거군요."

성공을 위해 성 상납을 선택했다고 해서 그 여자애들에게 모성이 없을 리 없다.

어쩌다 보니 임신했다면 아마 이시하라 스즈쿠는 낙태를 종용했을 것이고, 유키 미코는 그대로 도망갔을 것이다.

"이건 단순히 리스크 관리 실패의 문제가 아니군요."

신동하는 심각한 얼굴로 말했다.

그 아이의 존재는 단순히 그 정치인뿐만 아니라 대동에, 정확하게는 신동우에게 접대받은 모든 자들의 리스크다.

"그게 터지면 정치인들은 신동우에게서 손을 뗄 겁니다."

신동우가 그런 위험을 안고 이시하라를 그냥 둘까?

그럴 리 없다.

"이게 터지면 신동우는 일본에서 정치적으로 고립되겠군."

신동성이 어쩐지 이렇게 작은 회사에 먼저 공을 들였나 했다.

하지만 폭탄의 무게를 봐서는 그게 당연한 거였다.

정치권에서 손절 당하면 전투력의 40% 이상이 날아갔다고 봐야 하니까.

'이런 무기를 쥐고 있었다 이거지.'

노형진은 신동성을 생각하며 주먹을 불끈 쥐었다.

너무나 위험한 인간이다.

'그렇다면 우리 계획은 신동성의 몰락으로 가야겠군.'

노형진은 대충 방향을 잡았다.

확실히 신동우보다 신동성이 위험하다.

그리고 위험한 인간이 먼저 사라져야 한다.

"이시하라 입장에서는 이게 터지면 자기도 살아남기 힘드니까……."

설사 신동우가 명령하지 않아도 야쿠자들과 결탁한 정치인은 넘친다.

그들은 성 접대 사실을 알고 있는 이시하라를 살려 두고 싶은 생각이 없을 것이다.

"이걸 어떻게 하죠? 찾아서 그걸 터트릴까요?"

"그건 안 됩니다. 안 그래도 신동우는 신동성에게 파워에서 밀립니다."

이게 터지면, 당장 쓸려 나가지는 않겠지만 저항이 힘들어질 것은 당연하다.

"결국 최선은 유키 미코를 찾아서 보호하는 거겠군요."

노형진은 머리를 긁적거렸다.

단순히 내부에 들어가려고 시작한 일이 너무 복잡해지고 있었다.

"이거야 원. 닥치고 내 돈 좀 가져가면 안 되나?"

하지만 그 돈을 주는 과정이 절대 쉽지가 않았다.

눈물 나는 가족애

유키 미코.

사라질 당시 나이 22세.

예쁘장하게 생기기는 했지만 성공한 아이돌은 아님.

그 후 속해 있던 그룹은 해체.

"안 할 수가 없었겠지."

유민택은 노형진의 보고를 듣고 떨떠름한 표정을 지었다.

"문제는 이 아이가 어디에 있느냐로군."

"찾아봐야지요. 하지만 본명으로 움직이지는 않을 것 같습니다."

"어째서?"

"누가 아이아빠인지 알 테니까요."

그리고 그의 낙태 위협을 피해서 도망쳤다.

아마 걸리면 좋은 꼴 보지 못하리라는 것은 잘 알고 있을 것이다.

"본명으로 움직였다면 이미 이시하라 스즈쿠의 정보망에 걸렸을 겁니다."

"그래, 그랬겠지. 그나저나 이거, 자네가 하는 일이 너무 커지는 거 아닌가?"

"어쩔 수가 없습니다. 사건이 너무 꼬여서요."

단순히 투자를 해서 회사를 집어삼켜 보려고 했는데 사건이 연달아서 터지는 바람에 일이 제대로 꼬여 버렸다.

"뭐, 그쪽 약점이 생기는 거니 우리도 나쁜 건 아니네만."

유민택은 턱을 쓰다듬으며 잠깐 생각을 하더니 조심스럽게 말했다.

"하지만 그 유키 미코라는 아가씨가 문제군. 찾을 수 있겠나? 아니, 찾는 거야 찾겠지."

이시하라가 쓸 수 있는 재원은 한정되어 있다.

대동의 계열사인 이상 대동의 라인을 쓰면 당연히 신동우에게 보고가 들어갈 테니 쓸 수 없다.

결론적으로 신동우가 알게 된다는 소리다.

"하지만 우리는 모든 라인을 다 쓸 수 있으니 금방 찾을 걸세. 문제는 그 아버지군. 누구 같나?"

"글쎄요."

내부에 도는 소문이라 정보가 한정되어 있다.

임신했다는 추측을 하는 건 얼마든지 가능하다.

사라진 거야 회사가 뒤집어졌을 테니 당연히 알 테고.

"하지만 성 접대를 소문내지는 않을 테니까요."

"결국 아버지가 누군지는 아직은 모른다는 거군."

"네. 하지만 이시하라의 행동을 봐서는 절대 낮은 신분은 아닐 겁니다."

그렇지 않다면 그의 배신이 성립될 수가 없다.

"일단은 유키 미코를 찾아봐야겠군."

"그래야지요."

아버지는 그 후에 찾아볼 일이었다.

◈

"어머니도 모른다, 아버지도 모른다……."

"모르지는 않겠지요."

다시 일본으로 왔을 때 신동하 역시 나름 조사를 해 본 상태였다.

하지만 여전히 그녀를 찾을 수 없었다.

그런 상황에서 부모를 버리고 완전히 잠적하기는 힘들다고 봐야 한다.

사실 달리 도움을 청할 곳도 없을 테고.

"그러면 못 찾았다는 건데. 주변에 있는 건 아니라는 거군요."

이시하라 스즈쿠 역시 가장 먼저 의심한 것은 부모일 테니까.

"계좌 이체를 쓴 건가요?"

"그럴 수도 있죠."

카드도 자신의 것이 아닌 부모의 것을 쓴다면 이시하라가 알아낼 방법은 없다. 카드 사용 내역은 대동의 힘이 아니면 알아내기 힘들 테니까.

"몇 달이고 따라다닐 수도 없고."

신동하는 곤란한 듯 말했다.

그걸 캐지 못하는 건 신동하도 마찬가지다.

현행법 위반이니까.

'대룡이라면 찾아볼 수 있겠지만.'

그러나 공식적으로 아직 대룡이 전면에 나선 상황은 아니다.

그런데 대룡이 나서서 수색을 하면 문제가 된다.

재수 없으면 신동우나 신동성에게 대룡의 작전이 걸릴 수도 있고.

"하지만 방법이 없는 건 아니죠."

"방법이 없는 건 아니다?"

"부모들의 마음이란 다 같거든요. 특히 할아버지 할머니는 더더욱 같은 마음이지요."

"같은 마음이라……."

"자기 핏줄에게 뭔가를 해 주고자 하는 거죠."

단순히 돈만 보내 주는 것이 아니라 자기 핏줄의 아이에게 정을 주고 싶어 하는 것이 어른의 마음이다.

"우리가 관심을 가져야 하는 것은 택배입니다."

"택배요?"

"네. 돈을 보내서 사 주기보다는, 자신이 원하는 걸 주고 싶어 하는 게 어른이니까요. 거기에다 도망간 건 2년 전입니다. 임신 기간을 감안한다 해도 아직 아이가 너무나 어려요. 아이를 누군가에게 맡기거나 어린이집에 보낼 나이는 아니라는 거죠. 즉, 누군가가 생활비와 생활용품을 보내 줘야 합니다. 생활비야 계좌 이체로 보낼 수 있다지만, 생활용품은 아니죠."

똑같이 옷을 입힌다고 해도, 옷을 살 돈만 달랑 보내 주는 것보다 직접 고른 옷을 사서 정성을 담아 보내 주고 싶어 하는 게 인간이다.

효율적인 것은 돈을 보내는 것이겠지만, 어찌 사람의 정을 효율로만 정의할 수 있겠는가?

"그러니 우리는 택배를 관심 있게 보면 됩니다, 후후후."

⚖️

얼마 후 진짜로 유키 미코의 부모는 택배를 보냈다.

편의점에서 박스를 보냈기 때문에, 그들을 따라다니던 사람들이 옆에서 계산을 하면서 슬쩍 그 주소를 보는 게 어렵지 않았다.

하지만 받는 사람은 유키 미코가 아니었다.

"나나세 미코라는데 이건 또 누구죠? 친척에게 보낸 거 아닐까요?"

신동하는 걱정스럽게 말했지만 노형진은 그런 그의 걱정을 간단하게 정리했다.

"딸인가 보네요."

"아……."

임신하고 도망갔다는 것만 알지 아이의 성별이나 이름은 모른다.

그리고 나나세는 전형적인 일본 여자 이름이다.

"성은 엄마를 따른 것 같고."

주소를 알아냈으니 그들을 찾아내는 것은 어렵지 않았다.

그리고 그 주소지에 도착했을 때 눈앞에 보인 것은 허름한 한 채의 빌라였다.

"여기에 사나 보군요."

삐걱거리는 계단을 올라간 노형진은 주소가 적혀 있는 빌라의 벨을 눌렀다.

"누구세요?"

피곤한 듯한 여자의 목소리.

노형진은 차분하게 입을 열었다.

"나나세 미코 때문에 찾아왔습니다."

그 순간 흐르는 침묵.

분명히 대답을 했다.

그런데 돌아오는 대답이 없다?

"설마 여기서 애를 데리고 뛰어내릴 생각을 하지는 않으시겠지요?"

무려 3층이다.

어른도 어디 한 군데 부러질 수 있는 높이다.

그런데 그 와중에 실수로 애를 떨구기라도 하면, 아이는 그대로 즉사할 수밖에 없다.

"거기에다 창문 아래에는 우리 사람이 지키고 있습니다."

이미 이때를 대비해서 사람을 보낸 상황.

그러니 그녀가 도망갈 방법은 없다.

그럼에도 불구하고 아무런 대답도 하지 못하는 유키 미코.

그녀는 어떻게 해서든 사람이 없는 척하고 싶었을 테지만, 이미 대답을 했고 나나세도 엄마를 도와주지 않았다.

"으아앙!"

엄마의 불안을 느낀 건지 아이가 크게 울었다.

노형진은 문 앞에서 조용히 말했다.

"저희는 두 분에게 도움을 드리러 온 겁니다. 그러니까 문을 열어 주시면 감사하겠습니다."

하지만 여전히 대답이 없는 상대방.

"저희는 안 갑니다. 물론 경찰에 신고하실 수도 있겠지요. 그러면 아이의 아버지에게 이곳의 위치가 전해지겠지요."

잠시 후 살짝 문이 열렸다.

그리고 그사이로 아직 성인도 안 된 것같이 앳되어 보이는 여자의 얼굴이 나타났다.

유키의 얼굴을 확인한 노형진은 절로 욕지거리가 터져 나올 듯한 기분이었다.

'애가 애를 낳았잖아!'

아무리 아이돌 가수 출신이라는 특성상 어려 보일 수밖에 없다지만, 그래도 너무 어려 보였다.

"누…… 누가 보낸 거예요?"

"보낸 사람 없습니다."

"그런데 왜 저를 찾아오셨어요?"

떨리는 목소리. 그 안에 가득한 공포.

"이시하라 스즈쿠를 잡아야 하거든요."

순간 온몸을 격하게 떨어 대는 유키 미코.

"그를 잡으면 더 이상 고통받을 일은 없습니다. 어떻게 하시겠습니까?"

"……."

"거절은 받아들이지 않습니다. 만일 거절하시면, 이시하라 스즈쿠에게 가서 이 주소를 알려 줄 겁니다. 아니면 전화를 하고 그가 올 때까지 여기서 버티고 있을 수도 있지요."

옆에서 신동하가 잔인하다는 듯 비난의 눈초리로 바라봤지만, 노형진으로서는 어쩔 수 없었다.

'도망치게 할 수는 없으니.'

물론 진짜로 알려 줄 생각은 없다.

하지만 그 말 자체로도 그녀의 선택의 폭은 제한될 수밖에 없었기에, 잠시 후 문이 제대로 열렸다.

"들어오세요."

들어가자 보이는 것은 10평 남짓의 작은 공간.

그리고 바닥에는 한 아이가 누워서 우렁차게 울고 있었다.

"괜찮아, 괜찮아."

유키 미코가 그런 나나세를 안아서 진정시켰다.

얼마 지나지 않아서 아이는 잠들었다.

"일단 제 질문은……."

"요시다 겐이에요."

"네?"

"아이아빠 말이에요. 요시다 겐 맞아요."

노형진은 다른 의미에서 당황했다.

"제가 궁금한 건 그게 아니었는데요."

"네? 네? 하지만 그거 때문에 오신 거 아니었어요?"

"아니요. 제가 궁금한 건 이시하라 스즈쿠에 관한 거였습니다. 그의 성 접대 내역 같은 거요. 아무래도 애아빠에 관한 건 개인 정보이니 저희가 알아보기가 곤란해서……."

"네? 그러면 왜 찾아오신 거예요?"

"아까도 말씀드렸다시피, 이시하라 스즈쿠의 문제에 관한 것뿐입니다. 그를 쳐 내기 위해 말입니다."

"불가능해요. 요시다 겐이 그를 비호하고 있으니까."

"그게 누군데요?"

노형진은 고개를 갸웃했다.

요시다 겐이라는 이름을 노형진이 알 리 없다.

당장 장관들 이름도 모른다.

"그는 지금 경찰청 경비국 경비기획과 소속이에요."

"경찰입니까?"

노형진은 경찰의 고위 관료일 거라고 단순하게 생각했다.

그런데 그 말을 들은 신동하가 갑자기 불안한 표정으로 그쪽 이름을 검색했다.

"왜 그래요?"

"아니, 그냥 그 이름을 들어 본 적이 있어서요, 아버지에게서."

"아버지?"

신동하의 아버지는 신강수다.

그런 그가 언급할 정도의 위치에 있는 사람이라고?

노형진이 고개를 갸웃하는 사이, 검색을 끝낸 신동하가 길게 한숨을 내쉬었다.

"이거 큰일 났는데요."

"뭐, 정치인일 거라고는 예상했잖습니까?"

"단순한 정치인이 아닙니다. 조직도에 이름이 없어요."

"그만뒀나 보죠."

"그만뒀는데 아버지 입에서 그 사람 이름이 나올 리 없죠. 그렇다면 남은 건 제로뿐인데."

"제로요?"

처음 듣는 용어에 노형진이 되물었다.

하지만 유키 미코는 그게 무엇인지 아는 듯 말없이 떨리는 눈으로 그를 바라보았다.

"제로가 뭔데요?"

"경찰청 경비국 경비기획과에 속한 특수반입니다."

노형진은 그게 뭔지 몰라서 신동하를 물끄러미 바라봤다.

경찰이라 생각했다.

그리고 한국의 경찰청과 비슷할 거라고 생각했다.

그러니까 상위도 아니고 하급 경찰이라고.

하지만 경찰청이라는 이름만 같을 뿐, 시스템은 전혀 달랐다.

"그들은…… 미국으로 치면 FBI라고 할 수 있겠네요. 한국으로 치면 국정원이라고 하면 될 것 같고."

"네? 그게 무슨 말씀이신지?"

"말 그대로입니다. 핵심 권력 중의 핵심 권력입니다. 그곳 사람은 무조건 사회 주류입니다. 그곳은 커리어 관료만 들어가는 곳입니다."

"큭."

노형진은 자신도 모르게 신음을 냈다.

일본에서 말하는 커리어 관료가 뭔지 알기 때문이다.

'염병, 똥 밟았네.'

웬만해선 욕을 하지 않으려 하는 노형진조차도 저절로 욕이 나올 수밖에 없는 구조, 커리어 관료 시스템.

쉽게 표현하면 약속된 미래를 가진 사람들을 뜻한다.

한국으로 치면 경찰대를 나와서 승진하는 그런 과정.

그런데 한국과 다른 점은, 한국은 경찰대만 나와도 경찰에서 높게 인정해 주지만 일본에서 커리어 관료가 되기 위해서는 소속과 가문이 전부 받쳐 줘야 한다는 것이다.

쉽게 표현하자면 똑같이 경찰대를 나와도 가문 지원이 없는 개인이라면 그냥 동네 서장이나 하다 끝나는 거고, 가문의 지원이 있으면 승승장구하는 거다.

그리고 여기서 말하는 가문의 파워는 절대 동네 유지 수준이 아니다.

과거로 치면 귀족 출신급이나 되어야 한다는 의미다.

그리고 일본의 역사상 실제로 귀족 출신인 경우도 많고.

거기에다 커리어 관료라고 해도 대상이 한국의 국정원 정도 조직의 수장이라면 그 안에서도 로열 중의 로열이라는 의미다.

이것이 법이다

'아, 이거 어쩌지?'

노형진은 이시하라가 왜 배신했는지 알 것 같았다.

다른 사람도 아닌 그런 인간의 사생아라니.

이건 답이 안 보이는 큰 실수다.

'제로라…….'

유키 미코는 절망적인 얼굴이었다.

'하긴.'

기존에 알던 신분도 위협이 된다고 생각해서 도망친 그녀다.

그런데 하필이면 제로라니.

"그거 확실한 겁니까? 이름이 없다면서요?"

"제로를 이끌게 되면 조직도에서 빠집니다. 이름도 사라지지요. 이런 접대를 받을 정도의 사람이고 아버지 입에서 이름이 나올 정도면, 그곳밖에 없습니다."

신동하는 걱정스럽게 말했다.

그리고 유키 미코는 덜덜 떨었다.

"하지만 그때는 그런 말은 전혀……."

"그때는 거기 소속이 아니었을 겁니다."

하긴, 그 정도면 이시하라 스즈쿠가 접대하기에는 급이 너무 높다.

하지만 접대 이후에 그는 제로로 옮겨 갔고 그 급도 순식간에 터무니없이 높아졌을 것이다.

'골 때리는군.'

노형진은 솔직히 제로라는 조직은 잘 모른다.

　　하지만 신동하는 한국의 국정원이나 FBI 같은 조직이라고 언급했다.

　　그런 조직들은 그 특수성 때문에 무장이 기본이다.

　　'그리고 알게 모르게 암살도 시행하지.'

　　위험한 수준을 넘어서, 이게 드러났는데 살아남으면 그게 이상한 것이다.

　　"이건 건드리면 안 됩니다."

　　신동하조차도 단호하게 선을 그었다.

　　아무리 권력과는 거리가 먼 그라고 해도 건드려서 되는 것과 안 되는 것은 안다.

　　"망했어요. 이건 터트리면 우리 다 죽을 겁니다."

　　"그렇겠지요."

　　노형진은 입술을 깨물었다.

⚖

　　"망했네."

　　요시다 겐.

　　그에 대한 정보를 찾는 건 어렵지 않았다.

　　지금의 정보는 없지만 그가 속한 가문을 찾는 건 쉬운 일이었다.

툭 까고 말해서 천황으로부터 백작 위를 받은 진짜 귀족 가문이고. 그의 친형은 아버지의 지역구를 물려받아서 3선 의원을 하고 있었다.

"약점을 찾아서 흔들까 했는데."

흔들기는커녕, 알려지면 모조리 죽이겠다고 덤빌 판국이다.

'이건 터트리면 안 돼. 터트릴 수 없어.'

만일 신동하가 이걸 터트리면 그는 매장당한다.

그리고 대동이 그걸 막을 이유가 없다.

"그러면 이 사건은 없던 걸로 하죠."

"그럴 수는 없습니다."

"네? 하지만 노 변호사님, 요시다 겐입니다! 제로의 수장이에요!"

"그래서 더욱 우리가 움직여야 합니다."

노형진은 이를 악물었다.

지금 손을 떼도 된다.

하지만 그랬다가는 더더욱 큰 문제가 생긴다.

이 정도 파괴력이면 신동우가 버틸 수가 없을 테니까.

"그러면 어쩌시려고요?"

"신동우, 그를 이용합시다."

"네? 신동우를요?"

"네. 어차피 우리 계획은 싸움을 일으키고 신동우의 시선을 일본 내부로 돌리는 것이었습니다."

"그런데요?"

"이 폭탄을 신동우에게 넘겨 버리는 겁니다."

"무슨 수로요? 투서라도 넣을까요?"

노형진은 씩 웃으면서 신동하를 바라보았다.

"당신이 할 일이지요."

"네? 잠깐만요! 저는 아직 준비가 안 되었다면서요!"

"압니다. 하지만 생각보다 신동성의 힘이 너무 강합니다."

예상은 했지만, 신동성이 그 예상보다 준비를 너무 많이 해 놨다.

이래서는 신동하가 어느 정도 힘을 키워도 신동우가 쓸려 나가는 걸 막을 수가 없다.

"신동우가 그걸 알고, 단순히 시선을 돌리는 게 아니라 총력전으로 갈 수 있게 해야 합니다."

"그런데 그걸 왜 저한테 시키는 거죠?"

"그래야 당신을 믿을 테니까요."

"절 믿는다고요, 그 인간이?"

신동우나 신동성이나, 신동하를 인간 취급도 해 주지 않았다.

그런데 그가 자신을 믿을 거라고 하니 신동하는 저절로 비웃음이 나왔다.

"당신을 믿는다기보다는, 당신이 최소한 신동성 편은 아니라는 것을 보여 주는 거죠. 그러면 당신을 견제하기보다는 신동성을 견제할 겁니다. 말씀하신 그대로, 신동하 씨는 아직 준비가 터무니없이 안 되어 있으니까요."

"어떻게 말입니까? 이거 터트리면 다 죽는데요!"

"간단하죠. 이걸 터트리지는 않는 겁니다. 하지만 신동우
에게 알려 줄 수는 있지요."

노형진은 씩 웃으며 말했다.

"'신동성'이라는 양념을 슬쩍 쳐서 말입니다."

⚖

"일본에서 잘 지낸다면서 어쩐 일로 여기까지 왔니, 동생아."

웃으며 말하는 신동우를 보면서 신동하는 이를 박박 갈았다.

'개자식.'

신동성이 대놓고 자신을 짐승 취급한다면, 신동우는 빈정
거리면서 돌려서 자신을 깐다.

당하는 입장에서는 둘 다 엿 같은 일이다.

'그래, 좋게 생각하자. 둘 중 하나를 고르라고 한다면, 그
래도 그나마 사람 취급은 해 주는 새끼가 이놈이니까.'

"아직도 내가 바보로 보여?"

"넌 언제나 나한테 같은 모습이었단다."

바보로 보인다는 건지 아니면 아니라는 건지 애매모호한
대답.

신동하는 그런 그의 말에 길게 심호흡을 했다.

지금 흥분해서 날뛰면 안 된다.

'나는 과거의 내가 아니야.'

전이라면 자존심 때문에 뛰쳐나갔을 것이다.

하지만 노형진을 만나고 자존감이 높아지고 스스로에 대한 믿음이 강해지자, 노형진의 예상대로 그는 이런 빈정거림 따위에는 더 이상 흔들리지 않았다.

"난 형이랑 거래를 하러 온 사람이야."

"거래라……. 네가 아직 경영학을 안 배워서 잘 모르는구나. 거래라는 것은 서로 주고받을 품목이 맞아야 가능한 행위란다. 최소한, 가치는 비슷해야 하지."

즉, 너 따위에게 그런 게 있을 리 없다는 빈정거림이다.

하지만 신동하는 발끈하는 대신에 노형진이 이야기한 대로 이야기를 끌어갔다.

"그래, 그러면 나는 동성이 형한테 가서 붙으면 되는 건가?"

"무슨 말이지?"

"우리 우애가 하늘이 내린 우애는 아니잖아. 그런데 모른 척하려고? 어차피 아버지 목숨 줄이야 얼마 안 남은 거 다 아는데."

"버릇이 없구나, 동생. 조금 성공했다고 세상 무서운 줄 모르면 안 되는 거지. 잘 익은 벼는 고개를 숙이는 법이야."

"고개를 숙여 봤자 홀랑 타 버리면 처먹지도 못해."

"태울 거나 있는 거냐?"

"있지. 있으니까 여기까지 왔지."

"재미있군. 말해 봐."

신동하는 침을 꿀꺽 삼켰다.

지금부터가 거래의 시작이다.

"난 바보가 아니야. 내가 입을 열면 그 가치는 사라지지."

"공부 좀 했구나."

"거래라는 것은 결국 쌍방의 가치판단이 일치해야 가능하지. 나는 거래를 하러 왔어. 형님이 뭘 내놓을지 보고 그걸 팔아야지."

"장난하는 거니?"

"형님, 나를 빈정거리는 건 좋아. 그래, 둘 다 날 엿같이 봤지. 하지만 그래도 형이 날 그나마 좀 더 사람 취급해 줘서 내가 지금 여기 온 거야. 이거 가지고 가면 형님은 모가지가 날아가. 무슨 뜻인지 알아? 아까도 말했지만 거래하러 왔어. 동생이 아니라, 거래 상대야. 제대로 대우해 줬으면 좋겠는데."

신동우는 살짝 짓고 있던 미소를 지우고 신동하의 맞은편에 앉았다.

"재미있군. 노 변호사가 너를 잘 가르친 것 같구나."

"아나 봐? 하긴, 모를 리 없지. 형한테 몇 번이나 엿을 먹였다면서? 얼마 전에도 한번 먹였고."

"그 뒤에 대룡이 있을 수 있다는 거, 모르냐?"

"어쩌면?"

신동하는 '어쩌면?'이라고 대답했지만 사실 예상은 하고 있었다. 그렇지 않다면 노형진이 자신에게 접근할 이유가 없으니까.

'어차피 막장이야.'

그들이 이들을 쓰러트려도, 자신은 손해 보는 게 없다.

어차피 망해도 지금보다는 나을 것이다.

도시락 두 개를 다섯 명이 나눠 먹어야 했던 그 비참한 시절, 그때로 돌아갈 수는 없었다.

바닥으로 떨어져 봤기에, 그는 절대 그곳으로 돌아갈 생각이 없었다.

어차피 배신으로 점철된 삶이기는 마찬가지니까.

"그래서 내가 형을 찾아온 거야. 노 변호사는 차라리 신동성에게 붙기를 원했지. 그 후에 협상을 하려고 말이야."

"그래? 그렇다고 믿어 주지. 네놈 패를 까 봐."

코웃음을 치는 신동우.

하지만 그런 속임수에 신동하가 넘어갈 리 없었다.

"정보의 가치는 형님이 정하는 게 아니야. 내가 정하는 거지."

"그래서?"

"형님 라인 중에서 나미프로덕션 그리고 제일코브 주식 전부."

"너 미쳤냐?"

나미프로덕션을 넘겨 달라는 것도 어이가 없는 일이다.

그런데 제일코브라니?

"그곳은 한창 성장하는 기업이야."

"알지. 왜 모르겠어? 그 정도 가치는 있으니까 요구하는 거야."

"웃기는군. 꺼져."

"진짜? 그럼 난 동성이 형한테 갈 건데?"

"그런다고 네가 뭘 어쩌겠다고."

"내일 형님 모가지가 날아가겠지."

"개소리."

"개소리 아니야. 노형진 변호사가 확신했어. 그거면 형님 모가지는 날아간다고."

"말도 안 되는……."

웃기는 소리를 한다고 생각했다.

하지만 신동우는 등골이 오싹했다.

'망할 노형진.'

다른 인간도 아니고 노형진이다.

최소한 남 모가지 날려 버리는 데에는 익숙한 인간이다.

그런데 그런 자가 확신을 했다고?

'이거 어쩌지?'

사실 나미프로덕션이야 별문제가 안 된다.

어차피 목적이 뻔한 곳이다.

그곳의 정보는 발설하지 않는다는 조건으로 건네면, 그다지 문제 될 것은 없다.

하지만 제일코브는 다르다.

제일코브는 얼마 전에 본사에 납품 허가를 받았다.

그곳에서는 최소한 한 달에 30억 이상의 순수익이 나올 것이다.

계약 기간은 5년.

그리고 그건 자신의 총알이 될 것이다.

"알아, 형님이 무슨 생각을 하는지. 하지만 이게 터지면, 5년? 세 달도 못 간다고 내가 확신해."

"미친……."

"나는 거래를 하러 왔고 정보에 가격을 매겼어. 그걸 받아들일지 말지는 형님의 선택이야."

"그 가치가 터무니없이 낮으면?"

"그건 형님이 독박 쓰는 거지. 난 손해 볼 생각 없거든."

"큭."

신동우는 애매한 표정이 되었다.

약한 모습을 보여 준다면 그 가치가 예상보다 낮을 거라 생각하겠는데, 절대 그럴 리 없다는 그 확신이 영 꺼림칙했다.

'제일코브는…… 젠장.'

그는 이를 악물었다.

신동하가 무슨 정보를 가지고 왔는지 알 수가 없지만, 신동성과 노형진이라는 두 이름은 만만하게 보고 넘어갈 수가 없었다.

"좋아. 나미프로덕션은 바로 넘겨주지. 하지만 제일코브는 1년에 30%씩 넘겨주겠다."

"이득은 다 빨아먹고 말이지?"

"어차피 1년이다. 1년 후면 네놈 지분이 더 높아져서 이득도 못 빨아."

신동하는 고개를 끄덕거렸다.

올해 30%, 내년에 30%면 자신이 받은 지분은 60%.

그에 반해 내년이면 신동우가 가진 지분은 40%이다.

당연하게도 자신의 지분이 더 높으니 출금을 막는 건 어렵지 않다.

"계약서 써 주는 거지?"

"개자식."

신동우는 결국 현장에서 계약서를 썼다.

말도 안 되는 계약이라고 생각하면서.

'어차피 이런 건 장난 좀 치면 그만이지.'

나미프로덕션이야 버려도 그만이다.

하지만 제일코브의 주식은 소송을 걸거나 해서 안 줄 수도 있다.

물론 신동하도 그걸 안다.

'네놈이 과연 그런 장난을 칠 여력이 될까?'

신동하는 속으로 미소 지으면서 차분하게 입을 열었다.

"형도 내가 연예 기획사 하는 거 알지? 요즘 중국 투자금을 모아서 투자하잖아. 제법 재미도 봤고."

"투머치토커 노릇 하지 말고 본론부터 말해."

"본론에 필요해서 하는 이야기야. 내가 성공한 거 자랑하려고 하는 거 아냐."

"그래서?"

"얼마 전에 어떤 여자가 찾아왔어."

찾아온 여자는 신동하에게 도움을 요청했다.

그녀는 신동우를 만날 수 있게 해 달라고 했고, 신동하는 거절했다.

"외부에서는 아무래도 우리 관계를 잘 모르잖아."

"웬 여자가 날 찾았다고? 고작 그게 정보냐?"

"아니, 물론 아니지."

만나 달라고 해 봐야 신동우가 거절할 걸 알았지만, 그래도 신동하는 그 이유가 궁금했다.

그래서 그녀에게 슬쩍 사정을 물었다.

"사생아 문제더라고."

"뭐라고?"

신동우는 당황했다.

물론 그도 자리가 있으니 이 여자 저 여자 만나고 다니기는 했다.

하지만 사생아라니?

'나는 충분히 조심했는데?'

당황하는 신동우를 보면서 신동하는 속이 뻥 뚫리는 느낌이었다.

하지만 이건 오늘의 메인에 비하면 아무것도 아니기에 계속 말을 이어 갔다.

"아, 형님 애 아니니까 걱정하지 마."

"그래서? 하고 싶은 말이 뭐야?"

"그 애 말이야, 나미프로덕션에서 그만둔 애야."

"그런 애들이 한두 명이야? 누구 씨인지도 모르는 애 데리고 와서 내 아이라고 하디?"

"형님 아이 아니라니까. 누구 아이인지 모르는 것도 아니고, 아버지는 정확히 알고 있었어. 확신하던데? 원하면 유전자 검사를 해도 된다고 했어."

"뭐? 누군데?"

무심결에 물어본 신동우는 다음 말에 온몸에 소름이 쫘악 돋았다.

"요시다 겐."

"뭐?"

"나는 잘 모르는 사람이지만 형님은 알 거 아냐? 형님이 그 애를 그 사람에게 보냈을 테니까. 아, 이런 건 실무자 선에서 그어 버리나? 하지만 요시다 겐이 누군지는 알지?"

신동우는 실실 웃는 동생의 멱살을 잡고 당장 아는 걸 다 토해 내라고 흔들고 싶었다.

하지만 그럴 수가 없었다.

그의 정보는 자신이 내놓은 것 이상의 가치를 지니고 있었다.

"형님이 그 애를 요시다 겐에게 보냈지. 그리고 그 애는 임신을 했어. 요시다는 그걸 모르고, 현재는 뭐, 제로를 이끌고 있는 것 같던데."

"그거 사실이냐? 진짜야?"

"제로? 모르지. 그 자리는 외부에 드러나지 않잖아. 그인지 아닌지는 잘 몰라. 형님도 몰라? 이런, 곤란하네."

곤란한 게 문제가 아니다.

요시다 겐에게 접대를 한 이유가 차기 제로의 수장이 될 가능성이 높아서였고, 실제로 그는 수장이 되었다.

그런데 그의 사생아라니?

"제로 말고! 그 애 말이다!"

"내가 아무리 경영학을 배우지 않았다고 해도 상품으로 장난치는 거 아닌 건 알아. 나나세라고 하더라고. 엄마 닮아서 귀엽더라. 아빠는 못 봐서 내가 잘 모르겠지만."

"큭."

신동우는 정신이 아찔했다.

요시다 겐이 이걸 알면 그와 그의 가문이 자신을 죽이려고 할 것이다.

아니, 그들뿐만이 아니다.

요시다는 결혼했고, 상대 집안 역시 절대적 힘을 가진 귀족 가문이다.

그들이 한꺼번에 신동우를 죽이려고 덤비면 절대 쉬운 싸움이 되지 않을 것이다.

"너…… 너한테 그 애가 왜 가!"

"당연한 거지. 먹고살기 힘들잖아."

그녀가 요시다 젠을 찾아가는 건 불가능하다.

아니, 미친 짓이다.

그녀를 그에게 보낸 것은 신동우다.

신동하는 신동우의 동생이며, 엔터테인먼트 일을 한다.

그리고 그녀는 전직 아이돌이다.

"그나마 접점은 된다고 생각한 거지."

"……."

충분히 있을 수 있는 일이다.

그들 형제의 관계를 아는 사람은 드무니까.

"그런데 문제는 그게 아니더라."

"응?"

"이거 이시하라 스즈쿠가 관리하는 거잖아. 안 그래?"

"……!"

깜짝 놀라는 신동우.

신동하는 그런 그에게 느긋하게 말했다.

"내가 가지고 싶은 거에 대해 알아보는 게 잘못은 아니잖아?"

"그런데?"

여기부터가 승부였다.

미끼를 던졌으니, 이제 낚아야 한다.

"이시하라가 이 애를 도피시켰더라."

"뭐라?"

신동우는 뒤통수를 맞은 느낌이었다.

이시하라가 도피를 시켰다고?

이런 사태를 해결하는 게 그의 일이다.

그런데 도피를 시켜?

"재미있지 않아? 어째서 이시하라가 그 애를 도피시켰을까? 사실 보고만 올렸으면 형님이 무슨 수를 써서라도 애를 지우게 했겠지. 조건만 충분하다면 그쪽도 받아들였을 테고. 그런데 왜 도피를 시켰을까?"

아이라는 진실, 거기에 약간의 거짓이 더해지자 이야기는 더더욱 그럴듯해졌다.

"그리고 이시하라는 더 이상 신동우 라인이 아니지."

"뭔 개소리야?"

"아무리 뉴스를 안 본다지만 일본 메인 뉴스 정도는 봐야지."

신동하는 그에게 가지고 온 일간지를 건넸다.

그러면서 혀를 내둘렀다.

'일간지 전면에 올려 준다더니 진짜로 올렸어. 땡전 한 푼 안 들이고 말이야.'

뉴스에 나온 메인은 여러 가지였지만, 비슷한 이야기를 하고 있었다.

뉴젝스, 일본 소속사 다른 곳으로 떠나나?

뉴젝스, 나미프로덕션을 원했으나 그쪽에서 거절. 새 둥지는 하나프로덕션?

신생 업체 하나프로덕션, 계약에 접근했다고 밝혀

뉴젝스와 계약 초읽기에 들어간 하나프로덕션. 계약금은 비공개

노형진은 신도 하스케에게 메인에 이름을 올려 준다고 했고, 그 약속을 지켰다.

나미프로덕션과의 계약이 뒤집어진 것처럼 발표하면서 하나프로덕션이라는 존재를 밝힌 것이다.

'머리도 좋아. 난 이건 생각도 못 했는데.'

물론 이건 개뻥이다.

하지만 나미프로덕션의 투자자들은 다급해졌고, 당장 우르르 몰려가서 이시하라 스즈쿠의 멱살을 잡고 흔들고 있는 상황이었다.

그리고 하나프로덕션은 신생이지만 뉴젝스와 계약을 할 정도의 능력을 가진 곳이라는 홍보를 한 셈이다.

몇백억어치 광고를 언론이 공짜로 해 주고 있으니까.

"이게 무슨 소리야? 뉴젝스가 다른 곳으로 간다니?"

"그 소식은 알았나 봐?"

"당연히 알지!"

"그러면 그 돈을 구하기 위해 내가 움직인 것도 알아?"

"뭐?"

이미 그 증거는 넘친다.

그가 중국을 통해 투자금을 받은 기록도 있고, 그걸 나미프로덕션에 넘기려고 한 것도 증거가 있다.

그리고 나미프로덕션이 그걸 거절하고 신동성에게 돈을 요청한 증거도 이미 있다.

"왜 하필이면 신동성이야? 형님도 아니고, 완전히 관련도 없는 내 돈도 아니고, 신동성이라는 존재가 왜 갑자기 튀어나올까?"

"이시하라 이 개새끼!"

평소 얌전하고 조용한 신동우지만, 부하의 배신에까지 그런 예의를 지킬 정신은 없었다.

부들부들 떠는 신동우에게 신동하는 쐐기를 박았다.

"동성이 형이, 형님이 아이를 감췄다는 증거를 가지고 있어."

"뭐? 내가 언제!"

신동우는 지금까지 몰랐던 사실이다.

"증거 있어, 몰랐다는? 그 애를 보낸 것도 형님이고, 그 애를 감춘 것도 형님, 아니, 형님 라인의 사람이야. 이 사실을 안 요시다 겐의 가문에서는 뭐라고 생각할까?"

아마도 가문의 약점을 만들려고 한다고 생각할 가능성이 높다.

"동성이 형이 그런 증거를 조작하는 게 어려울 것 같아? 이시하라는 이미 배신하고 동성이 형한테 넘어갔는데. 형님이 시켰다는 말 한마디 하는 게 그렇게 어려울까?"

부들부들 떠는 신동우.

얼마나 꽉 쥐었는지 손이 파란색으로 변할 지경이었다.

'조사를 시작하면 배신의 증거가 더 나오겠지.'

그리고 신동하의 말을 신동우는 믿을 수밖에 없다.

물론 신동우가 감추게 했다는 증거 따위는 없다.

신동성이 비슷한 작전을 짠 건지는 모른다.

중요한 건, 신동우는 그렇게 믿을 것이라는 점이다.

그리고 그렇게 믿는 이상 자신의 뒤통수를 치려고 한 신동성을 그냥 놔두지는 않을 것이다.

즉, 내전 발발이다.

"그런 의미에서 그 애는 내가 보호하고 있겠어."

"뭐라고?"

"형님이 제일코브의 주식을 안 주려고 하면 법원으로 가서 유전자 검사 받지, 뭐."

"너…… 이 개자식……."

"날 욕하지 마. 그래도 난 형님 편이라고. 만일 내가 이걸 동성이 형에게 들고 갔다면 어떻게 되었을까?"

"……."

신동하 입장에서야, 뭔가 받아 챙길 수 있는 건 신동성에게 가도 마찬가지다.

그럼에도 불구하고 그는 신동우에게 왔다.

그 말은…….

"네놈은 내 편을 들어 준다는 거냐?"

"그런 거지. 그 개자식한테 맞은 곳이 아직도 아프거든. 형은 최소한 때리지는 않았잖아."

히죽 웃는 신동하.

"물론 나도 안전장치를 가지고 있어야겠지만 말이야."

그 안전장치가 바로 아이다.

물론 그 두 모녀의 생활비는 신동우에게서 뜯어낼 것이다.

그 둘에게는 충분한 지원이 될 테고, 신동하가 그들을 보호하는 이상 신동우는 어쩌지 못한다.

신동우가 공격하면, 신동성에게 가면 그만이니까.

"아, 물론 이거 비밀인 거 알지? 동성이 형이랑 싸우고 싶지 않거든. 설마 이 불쌍한 동생에게 싸우라고 하지는 않겠지."

"큭."

싸우라고 해 봐야 도움도 안 되기에, 신동우는 그럴 생각도 없었다.

하긴, 지금 그의 머릿속은 오직 한 가지 생각뿐이었다.

'신동성 이 개새끼. 내 통수를 치려고 준비하고 있었어?'

이것이 삶이다

그것도 어마어마한 핵폭탄으로 말이다.

"비밀로 해 주마, 너 역시."

"무슨 말을 하는 거야, 형? 난 형한테 돈을 빌리러 온 거고, 형은 내가 불쌍해서 재산 일부를 준 것뿐이잖아."

씩 웃는 신동하를 짜증스럽게 바라보던 신동우는 일어나서 손을 흔들었다.

명백한 축객령.

그리고 기다리지 않고 인터폰을 눌렀다.

"당장 사장단, 아니 이사랑 부장급까지 모조리 불러들여."

그 모습을 보면서 신동하는 미소를 지으며 조용히 바깥으로 나왔다.

⚖️

"상황이 어떤가요?"

"개판이 되어 가고 있네."

유민택은 흡족한 표정이었다.

신동우는 사람들을 총동원해서 일본 본사에 대한 조사를 시행했다.

그리고 그 안에서 이미 자신의 통수를 치기 위한 준비가 어느 정도 되었다는 것을 알아차렸다.

"신동우가 일본으로 들어갔는데, 신동성이 바로 같이 본

가로 들어갔네. 이게 무슨 뜻인지 알겠지?"

"돌이킬 수 없다는 거죠."

신동성이 치려고 한 건 신동우뿐만이 아니다.

아버지인 신강수 역시 그 대상이었다.

"신동우가 조사하면서 관련 증거가 나왔을 테니, 신강수
도 그냥 넘어가지는 않을 거야."

"신동성 입장에서는 준비가 안 된 상태에서 총력전을 벌여
야 하는 꼴이 되어 버렸네요."

"그렇지, 후후후."

신동우가 일본에서 싸우는 동안 한국의 대룡은 그들의 진
입을 확실하게 막을 수 있다.

"예상치 못한 부분이지만, 그래도 계획대로 되었습니다.
신동하가 아직 힘이 약한 게 문제이기는 하지만 다행히 제일
코브를 넘겨받기로 했으니까 성장하는 것은 어렵지 않을 겁
니다."

"우리가 생각했던 것보다 더 빨리, 더 크게 똥을 싸 줬어!
으하하하! 이제 박수를 받을 차례야! 내가 몇 번이고 박수를
보내 주지, 으하하하!"

정당한 거래였으니까.

그리고 그 덕분에 노형진이 만들고자 했던 대략적인 시스
템이 이루어졌다.

두 사람은 치열하게 싸우고, 그 뒤에서 신동하는 이득을

챙기는.

"그나저나 웃기네요. 회사에서 형제끼리 내전이 발발하는 그 순간에도 신동하는 부르지 않다니."

신동우나 신동성이야 이해가 간다지만, 아버지인 신강수 조차도 신동하를 부르지 않았다.

그 막장 집안을 생각하며, 노형진은 피식 웃으며 말했다.

"눈물 나는 가족애네요, 진짜."

천재의 실종

천재.

하늘이 내린 재능을 가진 사람.

대부분의 사람들이 비슷비슷한 능력을 가지고 있지만, 가끔 진짜 누구도 범접하지 못하는 능력을 가진 사람이 있다.

그런 사람을 보통 천재라고 하며, 그런 천재의 파급력은 어마어마하다.

노형진 역시 그러한 천재 중 한 명으로 취급받고 있고.

당연하게도 천재라는 존재가 두각을 드러내는 부분은 제각각이다.

누군가는 음악, 누군가는 수학, 누군가는 법률.

어떤 조직이 그 천재의 손에 들어가면 자연스럽게 급속도로 성장하지만, 반대로 말하면 그 천재라는 존재가 사라지면 그 조직은 급속도로 붕괴된다.

그래서 천재의 최후의 업무는 자신을 지워 버리는 일이다.

그래야 조직이 붕괴되지 않으니까.

그런데 그걸 제대로 하지 못한 경우 일은 걷잡을 수 없이 커진다.

"세풍병원 이사장요?"

"그래. 그 사람의 실종 사건이 의뢰가 들어왔네. 사건의 규모상 자네가 직접 해 줘야겠어."

김성식은 노형진을 불러서 차분하게 말했다.

하지만 노형진은 세풍이라는 말에 고개를 갸웃할 수밖에 없었다.

"세풍이라고 하면, 거기 체인점 아닙니까?"

병원도 다른 사업과 마찬가지로 체인점이라는 구조로 되어 있다.

정확하게는 지점이라고 표현해야겠지만.

"그쪽에서 내건 금액은 50억이야. 찾아 준다면 말이지."

"하지만 그 사람 실종된 지 벌써 4년이 넘었는데요."

세풍병원의 병원장 박구호.

지금의 세풍을 키운 사람이다.

그런 그가 실종된 게 벌써 4년 전이다.

그런데 이제 와서 그를 다급하게 찾는다니?

더군다나 보상이 50억?

"세풍도 다급하게 생겼으니까. 50억도 아마 쥐어짜서 만들어 낸 걸 거야. 우리뿐만 아니라 다른 사람들에게도 연락이 간 것 같네."

"우리는 로펌이지 흥신소가 아닌데요."

"그래. 하지만 그쪽도 그만큼 다급한 상황인 모양이야."

"흠."

노형진은 자신이 아는 세풍에 대해 곰곰이 더듬어 보았다.

세풍.

전국에 병원만 열일곱 개를 가진 거대 브랜드다.

거대한 종합병원은 아니지만, 정형외과 쪽에서는 독보적인 자리를 차지하며 성장한 곳이다.

"박구호 원장이 사라진 게 타격이 큰 모양이군요."

"그럴 거야. 그 사람 사실 의사라기보다는 사업가잖나?"

"그건 그렇죠. 타고났죠."

박구호는 사실 그저 그런 정형외과 의사였다.

그는 자신의 병원에서 진료를 보는 와중에도 독학으로 경영학을 배우고, 그 당시 경기도권에서 침상이 스무 개 정도밖에 안 되던 병원을 전국에 열일곱 개 지점을 가진 병원으로 급성장시켰다.

"잘 아는군?"

"유명한 사람 아닙니까?"

의사이기는 하지만 경영의 천재였으니까.

"다른 경영자와는 확연히 달랐고요. 어떻게 보면 의학계의 로스쿨 같은 존재였죠."

로스쿨은 법률 전문가를 키우기 위해 만들어진 시스템이다.

박구호는 의사임과 동시에 천재적 경영인으로, 의사와 환자의 니즈를 정확하게 읽고 사세를 확장했다.

만일 일반 경영인이었다면 그러지 못했을 것이다.

반대로 일반 의사였다고 해도 실패했을 것이고.

"제법 시끄러웠던 사건이니까요. 그런데 왜 이제 와서 찾는답니까?"

"세풍이 흔들리는 모양이야."

"네? 세풍이요?"

"그래. 아무래도 지금까지 박구호의 리더십과 카리스마에 기대어 운영되던 곳 아닌가?"

"아아, 무슨 뜻인지 알겠습니다."

노형진은 고개를 끄덕거렸다.

천재의 존재감으로, 시스템 자체가 그에게 기대는 구조로 발달했다.

그리고 박구호는 그 안에서 단 한 번도 실패한 적이 없다.

"그런데 갑자기 사라졌으니 그 자리를 대신할 사람이 없겠군요."

"그래. 그쪽에서 말은 하지 않지만 아무래도 휘청거리는 모양이더군."

지점들은 이탈하려고 하고 흑자는 적자로 돌아선 지 오래.

환자들도 병원을 떠나고 있는 상황.

"새로 들어간 사람이 누군데요?"

"박구호의 아내인 홍지연일세."

"능력이 부족했나 보군요."

"많이 부족했지. 그녀도 의사이기는 하지만, 의사일 뿐이거든."

처음에는 시스템을 유지하기만 하면 되었다.

그러나 바뀌어 가는 세상에 맞춰 수익을 내야 하는데 홍지연은 단순하게 당장 눈앞의 수익에 급급했고, 지금은 그게 독이 되어서 돌아오고 있는 중이었다.

"박구호를 찾아 주는 사람에게 현상금 50억을 준다고 하더군."

"다급한 모양이네요."

"그래. 어쨌든 우리 쪽으로도 의뢰가 들어왔으니까, 자네가 나서서 찾아 줬으면 좋겠네."

"일단은……."

노형진은 머리를 긁적거렸다.

보통 때라면 이 일을 기꺼이 받아들였을 것이다.

하지만 노형진은 이 일을 받아들일 생각이 없었다.

'회귀 전에는 잘 모르지만.'

회귀 전, 세풍은 넘어간다.

결국 무능을 이기지 못하고 말이다.

그리고 그렇게 노형진의 기억에서 사라졌다.

그 말은 박구호를 찾지 못했다는 의미다.

그런데 노형진이 단순히 실패할 걸 알아서 거절하려는 걸까?

아니다.

"저는 이 의뢰를 받아들이지 않는 게 좋다고 생각합니다."

"어째서?"

"실종자를 찾아 달라는 게 문제죠."

"아니, 그건 당연한 거 아닌가?"

"당연한 거죠. 하지만 그 과정이 문제입니다. 이 문제는 끼어들어 봐야 머리만 아플 겁니다."

"이해를 못 하겠군."

김성식이 보기에는 50억이라면 절대 작은 돈이 아니다.

물론 노형진이 그 정도 돈에 흔들릴 사람이 아니기는 하지만 말이다.

설사 그걸 감안한다고 해도, 노형진이 실종자를 찾는 걸 거부한다는 것은 확실히 이상한 일이다.

"제가 봐서는 그 50억이 문제입니다."

"어째서?"

"그 50억이 이제야 걸렸으니까요."

"응?"

"실종된 지 4년입니다. 사실상 사망했다고 봐야 하는 시점이죠."

노형진은 김성식에게 차분하게 말을 꺼냈다.

어차피 안 할 거긴 하지만, 그렇다고 해도 '내가 하기 싫어서'라고 하는 것은 사회생활을 하는 데 절대 도움이 되지 않는다.

왜 하지 말아야 하는지 설명을 해야 상대방도 납득할 수 있다.

"지금 세풍은 상황이 그다지 좋지 못합니다. 그런데 50억이나 걸었죠."

"그렇지. 그만큼 찾고 싶은 것 아니겠나?"

"그게 문제입니다. 상황이 좋을 때는 가만히 있다가 왜 이제 와서 찾느냐는 거죠."

"응? 그러고 보니 좀 그렇군."

3년 전이라면 세풍은 100억도 내놓을 수 있는 수준이었다.

그런데 그때는 가만히 있다가 이제 와서 갑자기 찾아 달라고 한다는 게 말이 안 되기는 한다.

"일단 그 부분이 말이 안 되고 두 번째는, 찾아 달라고 하는 게 문제가 됩니다."

"실종자를 찾는 게 문제가 되나?"

"아까도 말씀드렸지만 4년이면 말이지요, 사람이 죽었다고 봐야 합니다. 실종자도 5년간 실종이면 사망 처리를 하는 게 보통입니다."

현행법상 일반 실종은 5년이 지나면 사망자로 등록된다.

특수한 경우. 비행기 추락이나 지진 등 재난의 경우는 1년으로 인정되기는 하지만 말이다.

"실종자 사망 처리 기한이 앞으로 1년밖에 안 남았습니다. 그런데 왜 굳이 50억이나 들여서 찾으려고 할까요?"

사망자로 처리가 되었다고 해도 살아 있다면 주민등록번호를 부활시키면 된다.

그건 어려운 일이 아니다.

"아무래도 상황이 불리하니까 그러겠지. 회사가 다급하니."

"제가 말씀드리고 싶은 게 그겁니다. 그들은 사망자의 마지막 실종 위치를 찾거나 시신을 찾거나 사건을 추적해 달라는 게 아니라, 실종자를 찾아 달라고 했습니다. 그게 무슨 뜻이겠습니까?"

"그렇군. 확실히 이상하군."

상황이 이 지경인데 그들은 사람을 찾아 달라고 했다.

그 말은, 그들이 실종자인 박구호가 살아 있음을 알고 있다는 소리였다.

"그리고 지난 4년간 그들은 박구호 씨를 찾으려고 하지 않았습니다. 찾을 필요가 없다고 생각했던 거죠."

"묘한 사건이군."

"한 가지 더 문제가 될 게 있습니다. 실종인데 찾으려고 하지 않았습니다. 박구호 씨는 살아 있을 가능성이 아주 높은 거죠. 그런데 전면에 나서지 않았습니다. 이게 뜻하는 게 뭘까요?"

"가출이라는 거군."

"정확하십니다."

박구호가 살아 있음에도 전면에 나서지 않는 것.

그 이유는 박구호 스스로가 세풍 측과 엮이고 싶어 하지 않는다는 소리다.

"이제 와서 세풍이 그를 찾는 이유는 대충 알 것 같습니다. 회사가 흔들리니 그의 천재적인 능력이 필요한 거겠지요. 하지만 박구호 씨는 엮일 생각이 없구요."

"자네 진짜 대단하군. 난 50억이라는 돈에만 정신이 팔렸는데 말이지."

김성식뿐만이 아니다.

그 50억이라는 돈에 다들 정신이 팔려서, 그를 찾느라고 정신없이 뛰어다니고 있는 상황이었다.

"그것도 미끼일 겁니다."

"미끼라니?"

"우리가 박구호 씨를 찾았다고 생각해 보십시오. 우리는 변호사입니다. 박구호 씨의 위치는 개인 정보 보호법의 보호를 받고 있지요. 그래서 경찰도, 실종자를 찾아도 그 당사자가 거부 의사를 밝히는 경우 신고자에게 알려 주지 못합니다."

실제로 가정 폭력을 피해서 도망치는 가출도 많다.

노형진이 그런 피해자를 도와준 적도 있고.

"즉, 우리가 소재를 알려 주고 돈을 받기 위해서는 박구호 씨의 동의를 얻어야 한다는 거군."

"네. 하지만 상황을 보아하니 박구호 씨 스스로가 손절을 하고 잠수 탄 것 같은데 과연 동의해 줄까요?"

"거절하겠군. 무슨 뜻인지 알겠네."

찾았는데 거절하면, 그동안 그를 찾기 위해 쏟아부은 노력과 돈은 모조리 허공으로 날아가는 거다.

그리고 변호사든 흥신소든 결코 그런 결과를 바라지는 않는다.

"50억이면 벌금 정도는 내고도 남을 돈이라는 거군."

"네."

노형진은 고개를 끄덕거렸다.

누군가 그를 찾는다면, 설령 박구호가 거절한다고 해도 50억이면 그의 의견을 가뿐하게 씹어 버릴 만한 가치가 있는 돈이다.

"우리가 찾을 수도 있겠지요. 하지만 우리가 그분의 의견을 거절하고 그들에게 알릴 이유는 없죠. 50억과 우리 새론의 이름을 바꿔 먹는 셈이니까."

"멋모르고 당할 뻔했군."

김성식은 자신도 모르게 안도의 한숨을 내쉬었다.

노형진의 말대로 진짜로 멋모르고 당할 뻔했다.

찾아도 알려 줄 수가 없게 되면, 그동안 다른 일도 못 하고 거기에 쓴 필요경비만 날리는 셈이다.

"설사 정식으로 계약하고 찾는다고 해도, 결국 그 돈은 돌려줘야 하니까요."

"자네 말대로 끼어들지 않는 게 좋겠군."

김성식은 고개를 끄덕거렸다.

나중에 문제가 될 거라면 차라리 시작하지 않는 게 맞다.

"뭐, 누군가는 찾겠지."

"글쎄요."

노형진은 피식하고 웃었다.

그의 기억에 의하면 세풍은 확실하게 무너졌다.

그 말은 끝까지 찾지 못했을 가능성이 높다는 것이다.

'설사 찾았다고 해도 도움을 거절했든가, 아니면 그의 능력으로도 답이 없는 수준이었다는 거지.'

그렇다면 그 50억도 받을 방법이 없다고 봐야 한다.

당장 그조차 살리지 못하는 판국에 어떻게 50억을 주겠는가?

'뭘 선택해도 뻘짓이라면 할 이유가 없지.'

노형진은 이 사건이 이렇게 끝날 거라 생각했다.

원래 역사에서도 세풍은 사라졌으니까.

사람이 억울한 것은 어쩔 수 없지만, 자본가가 망하는 것은 자신의 선택의 결과이다.

그리고 그걸 굳이 그가 뒤집어 줄 생각은 없었다.

"세풍 사건 말일세. 아무래도 찾아보기는 해야 할 것 같아."

"전에도 말씀드렸지만 그건 나서 봐야 손해만 봅니다. 손해가 문제가 아니라 해결될 가능성도 없고요."

"그건 나도 아네."

김성식은 고개를 끄덕거렸다.

노형진의 말이 맞기에 그날 이후 그도 그 사건에 대해 관심을 끊었다.

"하지만 상황이 바뀌었어."

"무슨 말씀이십니까?"

"우리 의뢰인들 중에 세풍에 투자한 사람들이 적지 않아."

노형진은 눈을 찌푸렸다.

사실 친서민 정책을 쓰는 새론이라고 하지만 실력이 있기에 부자들도 많이 온다.

특히나 가족에게 속아서 정신병원까지 갔던 많은 부자들이 새론에 자산을 위탁하기도 했다.

"의뢰인들이 많습니까?"

"스무 명쯤 되네. 투자금은 대략 300억쯤 되고."

"끄응……."

절대 작은 숫자가 아니다.

아무리 박구호가 잘났다고 해도 없는 돈을 만들어 낼 수는 없고, 그 돈은 결국 투자로 해결할 수밖에 없다.

"어떻게 알았는지 모르지만, 우리가 거절한 걸 알고 있더군."

"뭐, 세풍 쪽에서 흘렸겠지요."

세풍 입장에서는 지푸라기라도 잡아야 하는 심정이다.

그런데 가장 가능성이 높은 새론이 거절했으니 다른 의미로 의뢰를 하려고 하는 것이다.

"상황은 설명했습니까?"

"했네. 하지만 의뢰인들 입장에서는 가만히 앉아서 300억을 날릴 상황이니 어쩌겠나."

"치사한 새끼들이네요, 진짜."

노형진은 길게 한숨을 내쉬었다.

물론 그래도 거절해도 된다.

하지만 그 의뢰인들은 절대 싼 사람들이 아니다.

만일 거절한다면 그들은 새론을 떠날 것이고, 그 피해는 그대로 새론이 입는다.

"어쩔 수 없네요. 하지만 이 부분은 확실하게 하겠습니다. 찾아서 설득은 해 보겠습니다만, 그분이 거절하면 우리는 방법이 없습니다."

"나도 그 부분은 확실하게 말해 두도록 하지."

김성식도 고개를 끄덕거렸다.

이건 신의성실의원칙의 문제다.

돈도 중요하지만, 신의를 잃어버린 로펌은 존재 의미가 없다.

"그리고 다른 하나가 더 있습니다. 이 일을 하는 건 저와 고문학 팀장님뿐입니다."

"고 팀장? 어째서?"

노형진의 말에 고개를 갸웃하는 김성식.

보통 변호사와 함께 일을 하던 노형진이 고 팀장을 고른 건 의외였기 때문이다.

하지만 이내 인정할 수밖에 없었다.

"세풍이 우리 뒤에 사람을 붙이지 않을 것 같습니까?"

"아아."

이미 의뢰인들에게 사정을 설명했으니 새론은 찾아도 알려 주지 않으리라고 예상하고 있을 것이다.

당연하게도 세풍 입장에서는 어떻게든 찾아야 한다.

"사람을 붙여서 몰래 따라다니겠군."

"그런 걸 알아채는 건 고 팀장님 전문이니까요."

몰래 추적을 하는 사람을 찾아내는 것은 노형진이 잘하는 게 아니다.

우연히 알아낼 수는 있겠지만, 그건 말 그대로 우연이다.

만일 놓치게 되면 여러 가지로 복잡해진다.

"알겠네. 이야기는 해 두지."

"아, 한 가지 더."

"더?"

"50억 선금입니다."

"선금이라고?"

"답이 없어서 무너진다고 안 주면 그때 가서 어쩌실 건데요?"

김성식도 고개를 끄덕거렸다.

"선금, 확실하게 전하지."

"그나저나 귀찮아지겠네요."

노형진은 툴툴거리면서 자리에서 일어났다.

⚖

"뒤에서 두 대가 따라옵니다."

"역시나라고 해야 하나요?"

운전을 하던 노형진은 슬쩍 백미러를 살폈다.

노형진의 눈에는 다 그놈이 그놈 같아 보이는 차량들.

그런데 고문학은 정확하게 두 대가 자신들을 따라온다고
골라냈다.

"어떻게 아신 겁니까?"

"뒤쪽에서 빵빵거리는 소리가 들리니까요."

"그거랑 무슨 관계가 있다는 거죠?"

"제가 아까 몇 번 차선 변경을 부탁하지 않았습니까?"

"네, 그랬지요."

"급하게 따라온 거죠."

"아하!"

노형진은 사거리에서 갑자기 차선을 변경해서 다른 길로
가 달라고 부탁을 받아서 그렇게 했다.

　　그런데 그때마다 뒤에서는 빵빵거리며 난리가 났다.

　　"그들이 반응이 느리니까요."

　　그들은 따라오기 위해 갑작스럽게 차선 변경을 할 수밖에
없었고, 그때마다 사고가 날 뻔했기 때문에 주변 사람들이 클
랙슨을 울리면서 항의를 하는 건 당연한 일일 수밖에 없었다.

　　"따라오는 건 확실한 것 같은데 어쩌죠? 가서 때려잡을까요?"

　　노형진은 씩 웃었다.

　　"방법이 있지요."

　　노형진은 바로 전화기를 들었다.

　　그리고 사법연수원 동기 중 한 명에게 전화를 걸었다.

　　"여보세요, 동배 형?"

　　―어, 형진이 아니야? 이 시간에 어쩐 일이야?

　　서동배.

　　사법연수원 동기로, 현재는 판사를 하고 있는 사람이었다.

　　"부탁할 게 있어서."

　　―뭔 부탁? 야, 이러면 곤란하지. 청탁은 안 받는다.

　　"내가 그런 부탁 할 사람은 아니잖아?"

　　―그러면?

　　"누가 우리 뒤에 붙었어. 아무래도 조폭 관련인 것 같은데."

　　잠깐 침묵하던 서동배는 곧 진지한 목소리로 물었다.

-확실하냐?

"확실해. 두 대야. 몇 번 확인했어. 개인 범죄라면 두 대씩 따라다닐 이유가 없지."

-미친 새끼들.

서동배의 목소리에서 살기가 느껴졌다.

"지금부터 그쪽으로 갈 거야. 준비 좀 해 줄 수 있지?"

-그래, 바로 준비해 둘게. 조심해서 와라. 절대 내리지 말고.

"그럴 생각 없어. 혹시나 앞에서 돌려서 도주할 수 있으니까, 알지?"

-알았다. 끊어.

노형진은 전화를 끊고는 씨익 웃었다.

그리고 고문학은 고개를 갸웃했다.

"누구신지? 그리고 거기가 어딥니까?"

"법원 갑니다. 선배 판사예요."

"네? 그런데 왜 거기로 간다고……?"

"아, 전에 판사 뒤통수를 노린 사건이 있었거든요."

"아하!"

고문학은 바로 기억이 난다는 듯 탄성을 내질렀다.

"주지희 판사님 사건 말씀이시군요."

"기억하시네요?"

"그때 조혁우를 캔 것이 저였잖습니까?"

조혁우는 노형진의 매형인 박광석에게 보복하기 위해 접

근했는데, 노형진은 박광석을 주지희 판사와 동선이 겹치도록 만들어서 주지희 판사를 노리는 것처럼 보이게 만들었다.

그 때문에 그는 어마어마한 형량을 두들겨 맞고 감옥에 들어갔다.

"판사들은 자기 안전을 위협하는 놈들은 놔두지 않거든요."

판사들뿐만이 아니다.

그 당시 사법계는 그러한 보복에 경악을 금치 못했고, 그러한 경우 뿌리를 뽑겠다고 선언을 했다.

"그리고 변호사는 그 사법계에 들어가 있죠."

"그러네요. 변호사는 결국 한때 판검사였던 분들이 많으니까."

결국 변호사를 노리는 놈도 처절한 응징을 받을 수밖에 없다.

"특히나 조폭이라는 이름이 끼어 버리면 아예 조직 자체를 붕괴시킬 정도니까."

"좋은 꼴은 못 보겠네요."

뒤를 따라오는 두 차량은 그런 계획도 모르고 쫄래쫄래 열심이었다.

다른 곳으로 간다면 이상하게 생각할 수도 있지만 변호사가 법원으로 가는 건 그다지 이상한 일도 아니었다.

"무슨 일로 오셨습니까?"

노형진이 법원으로 다가가자 입구에서 막는 한 사람.

노형진은 자신의 신분증을 내밀며 그에게 말했다.

"연락받으셨나요?"

"아, 네. 들어가세요. 저쪽 오른쪽으로 돌아가시면 됩니다. 일방입니다."

"감사합니다."

노형진은 그쪽으로 차를 슬슬 몰고 갔고, 두 대의 차량 역시 그런 노형진을 따라왔다.

하지만 그들은 끝까지 따라오지는 못했다.

"정지!"

갑자기 노형진의 차와 두 대의 차 사이에 끼어든 남자.

그는 총을 꺼내서 그 두 대의 차량을 겨눴다.

"손 들고 나와!"

"어어, 지금 뭐 하는 겁니까?"

"닥치고 손 들고 나와!"

그뿐만이 아니다.

주변 건물에서 수십 명의 경찰들과 수사관들이 와서는 그들을 에워쌌다.

"잠깐만요. 이건 무슨 오해가……!"

"오해는 무슨 오해! 닥치고 나와!"

"손, 머리 위로 올려!"

고래고래 소리를 지르는 그들을 보면서 노형진은 씩 하고 웃었다.

그리고 느긋하게 법원을 빠져나왔다.

뒤에 남은 추적자들은 당황한 얼굴로 멀어지는 노형진의 차를 바라볼 수밖에 없었다.

"근성이라고 해야 하나?"

노형진은 뒤를 힐끔 보면서 고개를 흔들었다.

"분명히 경고가 갔을 텐데요."

고문학도 어이가 없다는 듯 말했다.

법원에서 체포당한 놈들은 당연히 조사를 받았고, 세풍 소속이라는 사실이 드러났다.

당연히 정식으로 고발이 들어가 엄중한 경고를 받았을 것이다.

하지만 여전히 감시를 하고 있었다.

방법이 좀 바뀌었지만 말이다.

"드론이라……. 참신한 새끼들 같으니라고."

노형진은 피식 웃었다.

사람으로 추적하니 문제가 되자, 그들은 드론으로 노형진을 감시하고 있었던 것이다.

"누구는 드론 쓸 줄 몰라서 안 쓰는 줄 아나?"

노형진도 몇 번 드론을 쓴 적이 있다.

하지만 역으로 당하니 어이가 없었다.

"저거 어떻게 할까요? 이대로 그냥 갈까요?"

"힘들걸요."

분명 차량으로 따라오면서 드론을 조종하고 있다.

당연히 자신들이 움직이는 대로 따라올 것이다.

"더군다나 서울 시내에서는 속도제한이 있으니까요."

정체가 심한 이곳에서 그들을 떨구는 건 어려운 일이다.

"드론으로 보고 있으니 누군가가 접근하면 도망칠 테고요."

"그러면 어쩌죠?"

"뛰는 놈 위에 나는 놈이라는 말이 있지요."

노형진은 힐끗 하늘을 보았다.

아마 우연이 아니었다면 자신들도 그걸 발견하지 못했을 것이다.

"그나저나 한 가지는 확실하네요. 박구호는 살아 있으며, 세풍을 도와줄 생각이 전혀 없다는 거요."

그리고 그걸 세풍은 알고 있다.

그렇지 않다면 이렇게까지 자신들을 따라다닐 이유가 없다.

"일단 저 드론으로 엿을 좀 먹여야겠네요."

"어떻게요?"

"음, 청와대 쪽으로 가 주세요."

"청와대요?"

"네."

"아니, 거기에는 왜 가십니까?"

"일단 가 보시면 압니다."

노형진은 웃으면서 대답했다.

갸웃갸웃하면서도 고문학은 노형진의 말대로 청와대 쪽으로 다가갔다.

그리고 노형진은 어느 정도 가까워졌다고 생각하자 전화기를 들어서 112에 전화를 걸었다.

－112 긴급신고센터입니다.

"여기 청와대 근처인데요, 어떤 수상한 남자들이 청와대를 드론으로 감시하고 있어서요."

－드론요?

"네, 보아하니 상당히 고가의 드론 같은데, 차를 타고 청와대를 빙 돌면서 내부를 촬영하는 것 같아요."

－진짜입니까?

"네, 진짜예요. 지금도 보이는데요?"

노형진은 신고를 하고는 전화를 끊었다.

고문학은 그 모습을 어이가 없다는 듯 바라보았다.

"청와대 감시라니요?"

"원래 이쪽은 비행 금지 구역입니다."

고가의 드론의 경우, 어느 정도 무게를 가진 물건을 들고도 비행할 수 있다.

그리고 그에 속하는 것 중 하나가 바로 폭탄이다.

"21세기 발전이 위협이 된 경우죠."

기존의 폭탄 테러는 미리 설치하거나 차량에 사람을 태우고 달려가는, 소위 말하는 자살 폭탄 테러였다.

　하지만 드론은 그 비용이 상대적으로 싸고, 부서져도 그만이기 때문에 심각한 문제가 되고 있다.

　'실제로 그러한 암살 시도도 있었고.'

　그래서 기본적으로 주요 시설 근처는 비행 금지 구역으로 선포되어 있다.

　어떠한 비행 물체도 말이다.

　"저런, 저런."

　고문학은 노형진이 뭘 노리는지 알아차렸다.

　자신들은 지금 청와대 주변을 빙 돌고 있다.

　당연히 드론도 청와대를 빙 돌고 있다.

　이곳은 비행 금지 구역이다.

　그들은 그걸 모르는 것 같지만.

　"경찰이야 수습할 수 있겠지만 과연 대통령 경호실도 수습할 수 있을지, 두고 볼까요?"

　노형진이 그렇게 말하는 그때, 따라오던 드론이 갑자기 뚝 떨어졌다.

　안 봐도 뻔하다.

　만일에 대비해서 교란기가 작동한 것이다.

　"지금쯤이면 경호실이 차량을 덮쳤겠네요."

　"상황도 안 좋은데 머리 좀 아프겠습니다."

노형진은 키득거렸다.

"회사가 망해 가는 이유를 알 것 같네요, 후후후."

얼마 후 세풍은 노형진에게 정식으로 사과하고 합의금을 내겠노라고 접근했다.

아무리 그들이라고 해도 대통령 경호실에서 문제 삼으니 버틸 수가 없었던 것이다.

"이제 안 따라올까요?"

"아마 안 따라올 겁니다."

사법부에 찍히고 대통령 경호실에 찍혔다.

안 그래도 목숨이 왔다 갔다 하는 세풍 입장에서는 더 이상 일을 키울 방법이 없을 것이다.

"그러면 문제는 박구호를 찾는 거군요."

고문학은 머리를 긁적거렸다.

"왜 그러십니까?"

"아니, 저도 나름 조사를 했는데 아무것도 없습니다."

그 사람이 어디로 갔는지 알 수가 없었다.

죽은 것처럼, 흔적도 없이 사라진 남자.

그를 찾기 위해 이미 정보 팀뿐만 아니라 다른 로펌, 심지어 흥신소도 움직였지만 나오는 게 없었다.

'있을 리 없지.'

그런 게 있었다면 이미 다른 자들이 찾았을 것이다.

그는 말 그대로 꽁꽁 숨었다.

"어떻게 찾으실 겁니까?"

"전 그 사람을 찾지는 않을 겁니다."

"네?"

"어차피 숨은 사람인데 찾아봐야 나오겠습니까? 저라면 그 사람이 아니라 그 사람을 도와줄 사람을 찾을 겁니다."

"그 사람을 도와줄 사람요?"

"네."

"하지만 도와줄 사람이 없는데요."

부모는 이미 죽었고 자식은 그의 행방을 전혀 모른다.

동업자나 관련자들이 알았다면 50억에 이미 넘어갔을 것이다.

"전 알 것 같은데요."

"네? 아신다고요?"

"상황을 보면 알죠. 그는 도망갔습니다. 이유는 모르지만요."

"그런데요?"

"그가 도망간 이유는, 결국 억울한 일로 인해 고통받았기 때문이겠죠. 결과적으로 그를 도와줄 수 있는 사람은 그에게 측은지심을 가진 사람입니다. 그가 고통받는다는 걸 아는 사람요."

"그가 무슨 고통을 받았다고요? 그는 사회적으로 성공한 사람이었습니다."

어지간한 사람은 그 앞에서 고개도 들지 못했다.

그렇게 성공한 사람이 고통받았다는 게, 고문학은 이해가 가지 않았다.

"그래서 특정하기 쉬운 거죠."

사회적으로 성공했지만 그는 고통받았다.

심지어 그 사회적 성공과 수백억의 재산을 모조리 버리고 도망갈 정도로 그는 고통받았다.

"그러면 그가 고통받을 장소는 어디였을까요?"

"으음…… 글쎄요."

회사에서 그럴 수는 없다.

그는 말 그대로 갑 오브 갑이었다.

"수신제가치국평천하修身齊家治國平天下라는 말이 있지요."

노형진의 말에 고문학은 그 고통받은 장소가 어딘지 알 것 같았다.

"집이군요."

사회에서는 그를 무시하지 못하지만 집에서는 모를 일이다.

물론 그가 이룩한 걸 보면 그를 무시한다는 건 말도 안 되지만 말이다.

"하지만 현실은 때로는 이상과 다른 법이지요."

"맞습니다."

바깥에서는 멀쩡하지만 가정 내에서 썩어 문드러져 가는 경우는 상당히 많다.

그런 경우 모든 게 다 의미가 없어질 수밖에 없다.

대부분의 사람들이 부를 원하는 것은 가족들이 잘 먹고 잘 살게 하기 위해서 아닌가?

"그러면 가족 중에 누군가 그를 도와준다는 건가요?"

"아니요. 그건 아닐 겁니다. 그랬으면 벌써 이야기가 나왔어야 합니다. 당장 집안이 무너질 판국이니까요."

"그러면?"

"가족이 아닌, 그러면서도 가족처럼 가깝지만, 집안이 망하는 것과는 전혀 상관없는 사람이지요."

노형진은 차분하게 말했다.

"그리고 그 정도 되는 집은 보통 그런 사람이 딱 한 명 있지요."

⚖️

"저는 잘 몰라요."

하얀 머리가 올라오고 있는 아주머니는 침착하게 말했다.

하지만 흔들리는 동공은 그게 거짓말이라는 것을 알려 주고 있었다.

"아주머니, 여기에 오신 거 거기서는 모릅니다. 사실대로 말씀해 주세요."

"아니, 저도 모르는 걸 어쩌라고요."

"저희는 다 압니다만?"

그 집에서 현재 15년째 가정부로 일하고 있는 여자였다.

일반적으로 그런 집은 기본적으로 가정부를 두고 생활한다.

당연하게도 그녀는 그 집안의 모든 걸 볼 수밖에 없다.

하지만 누구에게도 그걸 말할 수 없다.

'하지만 측은지심이 이는 것은 어쩔 수 없을 테지.'

박구호가 무슨 꼴을 당했는지 그녀는 봤을 테고, 알게 모르게 그를 도와줬을 것이다.

당장 박구호는 현금도 꺼내지 않았고 카드도 쓰지 않는다.

그런데 집에서 옷 한 벌 가지고 나가지 않았다.

"모른다니까요!"

"안다니까 그러네요."

노형진은 피식 웃으며 말했다.

"아주머니가 부정하면 저희는 포기하지요. 대신에 다음 카드를 홍지연 씨에게 넘길 수밖에 없습니다."

"사모님요?"

"네. 의심스러운 건 알려야지요. 홍지연 씨가 여사님에게 어떻게 할지는 모르지만."

가정부는 당혹한 듯 보였다.

'뻔하지.'

한 집안의 가장인 박구호가 도망갈 정도로 괴롭혔던 인간 들이, 과연 가정부를 존중했을까?

그럴 리가 없다.

가정부를 존중할 정도의 집안이라면 박구호가 도망갈 이 유도 없었을 것이다.

"뭐, 회사가 망하면 여사님께 손해배상을 청구할 수도 있 고요."

"뭐라고요!"

"물론 가능성입니다."

하지만 그 가능성이 거의 제로라는 게 문제다.

게다가 설사 건다고 해도 이길 수는 없다.

일단 알고 있다는 걸 증명하는 것도 어렵고, 증명한다고 해도 그녀가 알려 주지 않은 것은 박구호의 명령에 따른 것 인 데다 개인 정보 보호법상 그녀가 알려 주지 않았다고 문 제가 되지는 않기 때문이다.

'하지만 이분은 그걸 모르지.'

회사가 망한다면 얼마나 많은 돈을 물어 줘야 할지, 그녀 는 머릿속이 복잡할 것이다.

하지만 그걸 알려 주지 않았다고 회사가 망한 책임을 질 이유는 없다.

"우리가 원하는 건 간단합니다. 박구호 씨를 만나서 이야 기를 나누는 거죠."

"하지만 사장님은……."

"네, 어디 계신지 모르겠지요. 공식적으로는."

노형진은 그녀를 물끄러미 바라보았다.

"하지만 아주머니는 아십니다."

"전 모른다니까요?"

"진짜요?"

노형진은 그녀를 물끄러미 바라보았다.

물론 그럴 가능성도 있다.

노형진 혼자만의 생각일 수도 있다.

한 가지 행동만 빼면 말이다.

"그런데 왜 옷을 가지고 나가셨습니까?"

노형진의 말에 아주머니는 순간 말을 하지 못하고 입을 다물어 버렸다.

"이미 확인해 봤습니다. 겨울옷이 없더군요. 실종된 시기는 여름인데 말이지요."

겨울옷 중에서 고가가 아닌 싸구려, 특히나 외부에서 입고 버틸 만한 파카류가 없었다.

실종된 이의 옷에 신경 쓸 사람은 없으니 결국 누군가 그옷을 없앴다는 건데.

"세…… 세탁을……."

"세탁을 맡기고 찾아오지 않으셨다는 거죠? 그 세탁소 이름을 알 수 있을까요?"

"······."

노형진이 단순히 생각만으로 의심하는 게 아니다.

"아주머니, 저희 변호사입니다. 아주머니 재산이 생각보다 많으시던데요? 그 돈 있으면 저 같으면 가정부 안 합니다. 일단 가족들 계좌부터 깡그리 털어 볼까요? 뭐든 나올 텐데."

"······."

불쌍히 여기는 것과 도와주는 건 전혀 다른 문제다.

아무리 박구호라고 해도, 진짜로 땡전 한 푼 안 가지고 길바닥에서 살 수는 없다.

누군가의 도움을 받아야 한다.

"자, 어떻게 하시겠습니까? 횡령으로 신고할까요, 아니면 저희가 만나서 이야기를 해 볼까요?"

가정부는 아무런 말도 하지 못하고 고개를 푹 숙였다.

⚖

"허."

꼬질꼬질한 머리, 덥수룩한 수염.

언제 빨았는지도 모르겠는, 땟국물로 얼룩진 옷.

그리고 그 앞에 있는 소주 한 병과 마른 오징어 하나.

'이건 뭐 상상 이상이네?'

노형진은 그가 먼 곳에 방이라도 구해 조용히 살고 있을 거라 생각했다.

하지만 그는 생각보다 가까운 곳에 있었다.

정확하게 말하면 집에서 대략 3킬로미터쯤 떨어진 곳에.

그곳은 다름 아닌 서울역.

"박구호 씨? 여기서 왜 이러고 계십니까?"

"에? 누구요? 그게 누군데요?"

꼬질꼬질한 얼굴로 천연덕스럽게 말하는 노숙자.

노형진은 길게 한숨을 쉬었다.

"지금 박구호 씨에게 현상금이 50억 걸렸습니다. 홍지연 씨를 불러서 한번 대질시켜 볼까요? 아니면 제대로 저희랑 이야기해 보시겠습니까?"

노형진이 홍지연의 이름을 말하자 박구호는 길게 한숨을 내쉬었다.

"아무도 못 찾을 줄 알았는데."

"저도 이건 예상 못 했으니까요."

어디 시골에서 작은 방을 구해서 살 거라 생각했지, 수백 억 자산가가 미쳤다고 서울역에서 노숙자 생활을 하고 있을 거라 생각했겠는가?

'이러니까 그 많은 사람들이 죽어라 찾아도 못 찾지.'

노형진은 혀를 끌끌 찼다.

"저희는 새론에서 나왔습니다. 세풍의 투자자분들에게서

박구호 씨를 찾아 달라는 부탁을 받았고요. 무슨 일이 있었는지 모르지만, 가족분들과는 어떠한 접점도 없습니다."

가족 이야기가 나오자 움찔하는 걸 보니, 그가 가족 때문에 가출했다는 예상은 맞았던 듯했다.

"저기, 가능하면 제가 여기에 있는 건 비밀로 해 주셨으면 합니다만."

"세풍이 위험합니다. 쓰러지기 직전이에요."

"그래서요?"

"상관없습니까?"

"저는 소주 한잔과 오징어 하나만 있으면 됩니다."

"그래요? 그러면 가정부 아주머니한테 맡겨 두신 돈은 저희가 압류하고 횡령으로 처벌을……."

"잠깐, 잠깐. 뭘 그렇게까지. 저기, 제가 좋은 술집 하나 아는데 같이 술 한잔하시죠."

박구호는 노형진을 말렸고, 노형진은 그런 박구호에게 조건을 달았다.

"일단은 씻고 이야기하지요. 씻고."

⚖️

목욕탕 주인은 짜증을 냈지만, 입장료를 다섯 배를 내자 일단은 받아 줬다.

그리고 박구호는 그 '좋은 술집'에서 좀 떨어진 골목에 있는 편의점 앞 테이블로 노형진과 고문학을 데리고 갔다.

　"좋은 술집에 가신다면서요?"

　"여기 편의점 소주가 또 기가 막힙니다."

　"그게 그거죠. 그나저나, 어떻게 된 건지 알고 싶습니다만."

　웃는 모습을 보아하니 그가 범죄를 저질러서 도망간 것 같지는 않았다.

　물론 그랬다면 현상금은 세풍이 아니라 국가에서 걸었겠지만.

　"왜 도망가신 겁니까? 가정 문제 때문인가요?"

　"얼레? 어떻게 아셨습니까?"

　"예상은 했습니다. 다만 정확한 사정은 모르니까요. 그래서 제가 여기에 가족분들 몰래 온 거고요."

　"음…… 그건 말이지요."

　박구호는 잠깐 고민하는 듯하더니 입을 열었다.

　"뭐, 새론에 대해 모르는 바는 아니니 사실대로 말씀드릴게요. 세풍은 제가 이룩한 결과지만 제 회사가 아닙니다."

　"네? 그게 무슨 말씀이시죠?"

　"과거에 관련된 문제인데요."

　박구호는 의사이고, 같은 의사인 홍지연을 만나서 결혼했다.

　그리고 세풍을 일으켜 세웠다.

"그런데 문제는 돈이었죠."

박구호는 가난한 집안 출신이고, 홍지연의 가문은 소위 말하는 지역 유지였다.

애초에 세풍이라는 병원도 장인의 병원이었지 자신의 병원이 아니었다.

"아내가 물려받았고요."

신혼 초에는 나쁘지 않았다.

누군들 신혼 초에 나쁘지는 않을 것이다.

하지만 그가 세풍을 키우고 돈이 많아지면서 상황이 바뀌었다.

"무슨 뜻인지 알겠습니다."

세풍은 나날이 커졌지만 그건 그의 회사가 아니다.

장인의 병원이었고 아내의 병원이었다.

그는 공식적으로는 원장이지만 경영만 하는, 지분은 전혀 없는 월급쟁이였다.

"뭐, 주변에서 저를 천재라고 부르는 건 이해합니다. 나름 저도 머리 좋다고 생각했고요."

그런데 병원이 커질수록, 그의 월급도 늘기야 했지만 아내와 장인의 재산은 비교조차 할 수 없을 만큼 엄청나게 늘어났다.

"그리고 그게 문제가 된 거죠."

자신은 이러니저러니 해도 월급 원장인데, 아내의 집안은 어마어마한 부자가 되어 버렸다.

"절 노골적으로 무시하더군요."

"무시했다고요?"

고문학은 이해할 수가 없었다.

병원을 그만큼 키운 것은 박구호다.

그런데 그런 그를 무시한다는 게, 도무지 이해가 되지 않았다.

"자본주의의 함정이죠."

애초에 시작은 홍지연의 집안이다.

박구호는 그런 집안에서 모두가 가족이라는 생각으로 열심히 일했을 것이다.

딱히 지분 같은 건 따지지도 않고 말이다.

"문제는 그 상황에서 병원이 커진 거죠."

고개를 끄덕거리면서 말하는 박구호.

"저는 그럭저럭 먹고사는 수준이지만, 이제 처가는 뭐, 몇 천억대 자산가가 되어 버린 거죠."

그리고 그들이 은혜를 아는 사람들이었다면 이런 일은 벌어지지 않았을 것이다.

"점점 모두가 박구호 씨를 무시했다……."

"네, 뭐 그렇게 되더라고요."

아내도 장인도, 그를 무슨 비렁뱅이 취급을 하기 시작했다.

그가 이룩한 그 어떤 것도 인정하지 않았다.

"흔한 일이지요."

실제로 그런 일이 있었다.

어떤 유능한 사람이 망해 가던 회사를 살리고 연봉 협상을 하러 갔을 때 들은 말이, 고생했다든가 덕분에 살았다는 감사가 아니라 네가 한 게 뭐가 있느냐는 소리였다.

그가 한 일이 뭔지 정말로 모르는 건 아니지만, 그걸 인정하고 그만큼의 돈을 주기 아까웠던 것이다.

결국 연봉 협상이 깨지고 그 사람이 이직하고 회사가 흔들리기 시작하고 나서야 후회했지만, 이미 버스는 떠난 후였다.

사회에서는 흔하게 벌어지는 일이다.

"일하는 사람들의 수고는 인정해 주지 않는 사람이 많지요."

그렇다고 뒤늦게 지분을 요구하자니, 그는 업무로 고용된 원장이다. 그런 만큼 그가 소송을 걸어서 지분을 요구한다고 해도 그게 인정될 수가 없었다.

가족이라고 생각한 그는 인센티브조차도 조건에 넣지 않았으니까.

"애엄마랑 장인이 날 그렇게 무시하니까 애들도 저를 무시하더라고요."

머리를 긁적거리는 박구호.

대충 상황이 이해가 갔다.

돈이 넘치는 건 외가, 그리고 아빠는 외가의 회사에서 일하는 월급쟁이.

아이들은 그걸 이룩한 것이 아빠라는 생각을 못 한다.

그러니 엄마와 외할아버지를 따라 아빠를 무시한다.

"그래서 도망치신 겁니까?"

"어느 순간 내가 뭐 하는 짓인가 싶더라고요."

외부에서는 건실한 원장이지만, 집에 가면 천덕꾸러기다.

부인과 알콩달콩?

부인은 그를 거지새끼 바라보듯이 했고 아이들은 사람 취급도 해 주지 않았다.

"심지어 나오기 전에 3년간은 같이 밥도 못 먹었죠."

온갖 핑계를 다 대면서 같이 있지 않으려고 했다.

당연히 잠자리도 없었고.

말이 부부지, 자신은 회사를 관리하는 기계일 뿐이었던 것이다.

"내가 원하던 삶은 그게 아니었습니다."

평범하더라도 가족과 손잡고 살고 싶었다.

그러나 그에게 그런 삶은 없었다.

"그래서 가출한 거죠."

노형진의 예상대로였다.

집안에 문제가 많았고, 그에 질린 박구호는 가출했다.

그리고 가출하기 직전 자신이 모아 둔 돈을 가정부에게 맡겼다.

"다행히 연봉 자체는 높았으니까."

머리를 긁적거리는 박구호.

부자가 된 아내의 집안은 박구호의 재산에 그다지 관심이 없었다.

"아줌마한테 부탁했습니다, 그 재산 보관 좀 해 달라고. 그 대신에 그 안에서 애들 학비 다 써도 된다고."

아무리 못해도 3억은 되는 돈을 3년간 벌었을 테니 아줌마 입장에서는 거절하기 힘들었을 것이다.

그녀는 아이가 세 명이다.

그 세 명의 대학 학비만 해도 등골이 휠 테니까.

"가끔 연락해서 돈을 받아서 썼습니다. 한 번에 한 50만 원에서 100만 원 정도."

카드도 자신의 카드가 아니라 그녀의 아이의 카드다.

그러니 걸릴 리 없다.

실제로 자신은 가출한다고 편지를 남겼기 때문에 가출로 처리되었고.

"제가 사라지든 말든, 신경도 안 쓰더라고요."

가출 신고하고 4년간 아내와 처가에서는 그를 찾지도 않았다. 그가 벌어 둔 돈이 있었으니까.

그 돈이 영원할 거라 생각했으니까.

"버는 것보다 지키는 게 힘들다고 하죠."

노형진은 길게 한숨을 내쉬었다.

'진짜 단순 가출이네.'

관련된 돈의 규모가 크기는 하지만, 엄밀하게 말하면 이건 단순 가출이다.

"어색하네요."

"네?"

"아니, 노 변호사님이 담당하는 사건들은 대부분 살인이나 인신매매나 장기 털이 같은 걸로 흐르던데, 단순 가출이라니."

고문학도 기가 막히다는 듯 말했다.

"뭐, 그런 경우도 있는 거죠."

노형진은 머리를 긁적거렸다.

"그런데 지금 삶이 편하신 겁니까? 노숙자잖아요?"

"아주 편합니다."

"편하다고요?"

"결혼하고 30년간 저는 돈 버는 기계였습니다. 자유라는 게 없었죠. 원장으로서 남들 앞에서야 근엄한 척하고 있었지만 실상은 인간이 아닌 돈 버는 기계였으니까요."

　그는 그렇게 말하면서 반쯤 남은 소주를 찰랑찰랑 흔들었다.

"쉬고 싶을 때 한잔 마시고, 하늘을 지붕 삼아서 별을 보며 잠듭니다. 일하고 싶을 때 일하고 쉬고 싶을 때 쉬죠. 근엄하게 있지는 못하지만, 소주 한 잔 막걸리 한 병에 사람들이 모여서 와자지껄하게 떠듭니다. 그 사람들하고 한 시간 떠드는 게 가족들이랑 한 달간 말하는 것보다 더 많습니다. 결정적으로, 전 자유롭습니다."

그는 웃고 있었다. 진심으로 웃고 있었기에, 노형진은 그 삶이 실패한 거라 말할 수가 없었다.

애초에 외적인 모든 성공을 버리고 선택한 삶이다.

과연 그걸 실패라고 할 수 있을까?

"그러면 세풍은 도와주실 생각이 없겠군요."

"전 사표 던지고 나온 직장인입니다. 전 직장이 망하든 말든, 제가 알 바 아니죠."

"가족은요?"

"가족요?"

노형진의 질문에 박구호는 피식 웃었다.

"저를 혐오하는 사람들이 어떻게 제 가족이 되겠습니까? 제 가족은 저기 서울역에 있습니다. 지금쯤 제가 가지고 갈 소주를 기다리고 있겠지요."

소주를 나눠 마시는 다른 노숙자보다 못한 가족이라는 말에 노형진은 할 말이 없었다.

'세풍도 이걸 알고 있을 테고.'

그렇지 않다면 이런 식으로 찾으려고 하지는 않았을 것이다.

"알겠습니다. 그러면 저는 여기서 물러나지요."

"얼레? 그냥 가시는 겁니까? 세풍에 연락 안 하시고요?"

"그건 개인 정보 보호법 위반입니다. 제가 할 수 있는 건 그쪽 에다가 박구호 씨의 위치를 알리는 게 아니라, 가능하면 빨리 손 털고 나오라고 제 의뢰인인 투자자분들에게 말하는 겁니다."

노형진은 간단하게 생각했다.

그의 말이 맞다.

그는 직장인이었고, 회사를 그만뒀다.

그가 그 회사를 위해 다시 돌아갈 의무는 없다.

가족이라고 할지라도 개인이 거부하면 개인 정보를 줄 수도 없고.

"감사합니다."

마지막 소주잔을 나누고 일어나는 노형진.

가게에서 소주 몇 병을 더 사서 움직이는 박구호를 물끄러미 쳐다보다 떠나려는 노형진에게 고문학이 걱정스럽게 물었다.

"이걸로 끝인가요?"

"글쎄요."

노형진은 입맛을 다셨다. 원래 역사에서는 그는 결국 나타나지 않았고 세풍은 넘겨졌다.

"이걸로 끝인지 어떤지는 모르지요."

하지만 자신을 만났다. 그게 어떤 파급력을 가질지, 노형진은 솔직히 확신할 수가 없었다.

"뭐. 뭐든 닥쳐오면 그때 가서 보죠."

그것 말고는 답이 없었다.

다음 권으로 이어집니다

음악의 신들과 함께한다

이한성 현대 판타지 장편소설

ROK
MEDIA
로크미디어

못 나가던(?) 싱어송라이터
뮤지션의 정점에서 세상을 노래하다!

가망 없는 싱어송라이터의 꿈을 접고
영세 엔터테인먼트의 사장이 된 한지혁,
소속 가수를 구하려다 사망······
눈떠 보니 과거로 돌아왔다?

음악의 신들이 당신의 뒤에서 웃음 짓습니다

귀 밝은 악성, '들리지 않는 예술가'
전설의 기타리스트, '여섯 현의 마술사'
록밴드의 신화, '또 하나의 여왕'
매력 넘치는 신들과 함께라면 어떤 장르든 OK!

건드리는 음악마다 히트, 또 히트!
만능 엔터테이너 한지혁의 짜릿한 성공기!

哲宗
철종

강동호 대체역사 소설

『효종』『대망』의 작가, 강동호!
미래의 지식으로 군림할 **철종**과 돌아오다!

4년 차 역사학 시간강사 태수
전임 교수 임명에 제외된 날 트럭에 치였는데
정신을 차리니 철종이 되었다?

세계열강이 아시아를 욕심내는 1850년대
조선을 지키기도 벅찬 마당에
국정 농단으로 나라를 좀먹는 세도정치와
온갖 패악을 부리는 서원까지……

내탕금을 털어 키운 정보 조직을 이용해
내부의 적은 때려잡고
화폐개혁과 군사제도 역시 개편해
전쟁의 역사에 맞서 조선의 운명을 뒤바꾼다!

예정된 혼돈의 시대
시간을 거스른 철종, 진정한 군주가 되어
조선을 지키고 세상을 가질 것이다!